人间词话意满楼

——词话故事

付语山 编著

全国百佳图书出版单位
时代出版传媒股份有限公司
黄山书社

图书在版编目(CIP)数据

人间词话意满楼——词话故事 / 付语山编著. — 合肥：黄山书社，2015.7
（古典新读 · 第2辑，中国古代的诗书意趣）
ISBN 978-7-5461-5152-6

Ⅰ. ①人… Ⅱ. ①付… Ⅲ. ①词话-中国-古代 Ⅳ. ①I207.23

中国版本图书馆CIP数据核字（2015）第175722号

人间词话意满楼——词话故事
RENJIAN CIHUA YIMANLOU　CIHUA GUSHI
付语山 编著

出 品 人　任耕耘
总 策 划　任耕耘　蒋一谈
执行策划　马　磊
项目总监　高　杨　钟　鸣
内容总监　毛白鸽
编辑统筹　张月阳　王　新
责任编辑　王舒彦
图文编辑　王　新
装帧设计　李　娜　李　晶
图片统筹　DuTo Time
出版发行　时代出版传媒股份有限公司（http://www.press-mart.com）
　　　　　黄山书社（http://www.hspress.cn）
地址邮编　安徽省合肥市蜀山区翡翠路1118号出版传媒广场7层　230071
印　　刷　安徽联众印刷有限公司
版　　次　2016年1月第1版
印　　次　2016年1月第1次印刷
开　　本　710mm × 875mm　1/32
字　　数　121千
印　　张　5
书　　号　ISBN 978-7-5461-5152-6
定　　价　26.00元

服务热线　0551-63533706
销售热线　0551-63533761
官方直营书店（http://hsssbook.taobao.com）

前言

词是中国古代诗歌的一种，幽美典雅，意境动人。古代词人为我们留下的词作有数万首。而历代品词之人又把读词的感受诉诸笔端，所得文字多达千万字。因为这些文字是评论词作、词人、词派，以及有关词的本事和考订的，故多以“词话”名之。词话不但为我们提供了有关词作的欣赏，以及词人创作的背景、故事等知识，就是自身也有许多令人回味的典故和文学欣赏价值。词话蕴含着珍贵而丰富的文学、史料价值，是中国传统文化宝库中不可或缺的瑰宝。

需要说明的是，盛行于元、明两代的说唱

形式，及夹有诗词的明人章回小说也叫“词话”，但并非是本书所论证的内容。本书为读者将词与词话的相关内容一一梳理，力求将其之美妙和意趣有所呈现。

【注】

本书所引词话截至清代结束。所引词话版本为唐圭璋《词话丛编》，中华书局1986年版精装5册本；所引宋词版本为唐圭璋《全宋词》中华书局1999年简体横排增订本。

目录

填词难，评词更难

推神品，佳词入各眼

弱水三千，但取一瓢

欲学词，应何为

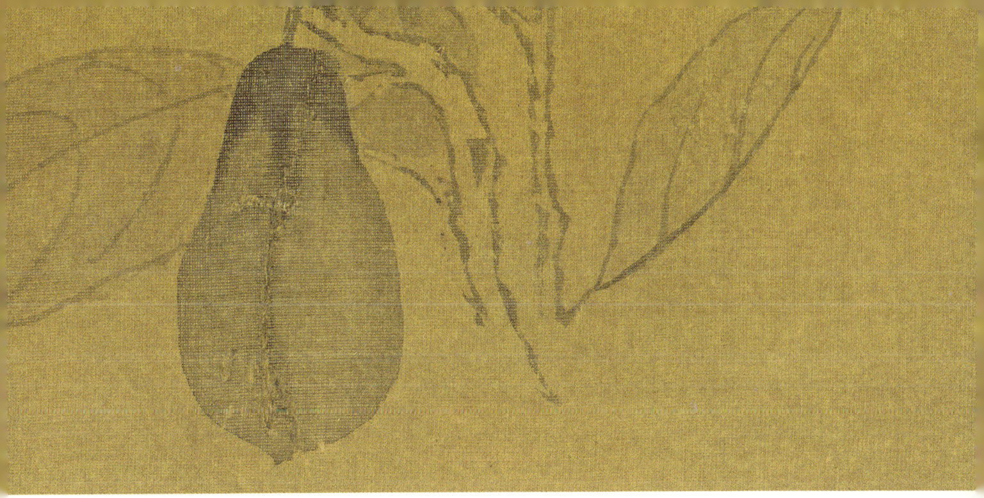

填词难，评词更难

千古秋风词论者

词话这一形式萌芽于唐代。最早的词话专书出现在北宋，即杨绘的《时贤本事曲子集》。

杨绘（1032—1116），字元素，号先白，北宋文人，登进士第后历任官职至翰林学士、御史中丞，晚年弃官南下。杨绘也填词，并自度新曲《劝金船》，著名词人苏轼和张先都曾经就此曲填词。张先的词序说："流杯堂唱和，翰林主人元素自撰腔。"苏轼的词序曰："和元素韵，自撰腔命名。"杨绘虽然没有词作流传，但能够自度新曲，可见对词这一体制的喜爱和熟悉。《时贤本事曲子集》又名《本事曲》，是仿唐代孟棨编著的《本事诗》而成。《本事诗》记录了许多唐朝诗人的逸闻轶事，连同很多优美的唐人佚诗得以保存和流传，弥足珍贵，广为人知。《时贤本事曲子集》所记载的词林掌故虽上及唐及五代，但更多记载的则是宋代中叶的词人词作，即所谓时"贤"。该书先记词人词作本事，然后具录词作全文，属纪事型词话，成书于北宋元丰初年，约有一百四十余条目，南宋之后久佚。近现代学者陆续从各种文献中辑得约十则，颇为难得。

明代《曲水流觞图》

北宋的词话专书除了《时贤本事曲子集》之外，就只有晁补之的《戬骸说》。该书也已佚亡久矣。据记载，此书属品藻[1]型词话，开词话“品藻”一途。晁补之（1053—1110），字无咎，号归来子，是北宋时期著名文学家，与北宋诗人黄庭坚、秦观、张耒并称“苏门四学士”。晁补之也善填词，《四库全书总目》卷一百九十八《晁无咎词》提要云：“其词神姿高秀，与轼可肩随。”曹词现存160余首，水平较高，风格与苏轼词也较为接近，不过在旷达超妙方面还是无法比肩。

北宋词话专书数量少，依附于其他形式的词话数量也不多。词话到了南宋才得到长足发展，词话专书大量出现。代表作品有杨湜《古今词话》、王灼《碧鸡漫志》等。杨湜的个人资料，除陶宗仪《说郛》提到他的字为曼倩之外，一切皆不详。《古今词话》是第一部以“词话”命名的词话专书，大概成书于南宋绍兴

绍兴兰亭的流觞亭

西周初期，周公建成洛邑后，令人在洛水上投入带羽翼的酒杯，以示庆祝。后来民间有“因水以泛觞”，以求福祉、去不祥的风俗。最早的流杯亭建于三国时期，魏明帝曹叡在洛阳天渊池以石渠曲水流觞，此后“曲水流觞”就成为一种专门的宴饮娱乐形式。许多地方都建有流杯池，其中最著名的是浙江绍兴兰亭。东晋永和九年（353年）三月初三，王羲之携亲友41人，在绍兴兰亭饮酒赋诗，曲水流觞。王羲之写下了号称“天下第一行书”的《兰亭集序》。

年间（1131—1162）。南宋胡仔《苕溪渔隐丛话》中已见称引：“《古今词话》，以古人好词人所共知者，易甲为乙，称其所作，仍随其词，牵会为说，殊无根蒂，皆不足信也。”从中可知这本词话集的文学史学价值都不高，所录五代以后词林逸事大多处于传闻，侧重于艳史故实，并多牵强附会、张冠李戴。该书明以后亡佚，今本为近人赵万里所辑，共 67 则。

王灼，字晦叔，号颐堂，生卒年不详，是宋代有名的学者，著述涉及文学、音乐、戏曲和科技史上等领域，且皆有所建树。《碧鸡漫志》共五卷，体例和内容也超越了纪事和品藻，搜罗丰富，见解精辟，有其独到之妙，具备一定的理论色彩，代表了当时词话理论的最高水平。据该书序言得知，此为王灼客寄成都碧鸡坊妙胜院之时所成，因此得名。《碧鸡漫志》以推崇苏轼词、贬抑柳永和李清照词最为引人注目。

胡仔（1110—1170），字元任，北宋著名文学家，晚年隐居浙江湖州之苕溪，“日以渔钓自适”，自号苕溪渔隐，《苕溪渔隐丛话》因此得名。该书形制浩大，共 100 卷、五十余万字，总体来说是一部诗话总集，书中有关于词的论述约 180 余条。书中的论词被后人专门辑录并命名为《苕溪渔隐词话》。胡仔对于别裁[2]真伪的考辨和论评，对后代诗话的影响深远，关于词话的论述也是如此。胡仔对苏轼词也多褒扬和偏爱，论词崇尚高雅、反对艳俗，以“清新婉丽”为标准，对南宋词的“雅化”颇有推动之功，影响深远。胡仔之后的宋末元初，出现了词话的辉煌成就时期，张炎的《词源》、沈义父的《乐府指迷》、陆辅之的《词旨》等词话专著都极富理论是色彩。

张炎（1248—1320?），字叔夏，号玉田，又号乐笑翁，被认为是宋代最后一个重要的词作者和著名词人，代表了南宋的末代之声，词作集《山中白云词》存词 302 首。其《词源》上卷专论词乐，下卷也多有论及词法、词律的严谨理论，可谓唐宋词学的总结性成果。《四库全书》评论说，《词源》“穷声律之窨妙，启来学之准范，为填词家不可少之书”、“足以见宋代乐府[2]之制”。张炎的《词源》还开启了数百年后清代词学的辉煌。

沈义父的《乐府指迷》和陆辅之的《词旨》都是较早专讲词法的词话专著，标志着词话的成熟。沈义父，字伯时，号时斋，生卒年均不详，据考证，其在世时间约为宋理宗淳祐前后。《乐府指迷》全书仅一千九百六十六字，但其重要性却能与王灼的《碧鸡漫

《溪山渔隐图》唐寅（明代）

志》和张炎的《词源》相提并论。其着眼点乃是词不同于诗、曲的本色理论，并提出“雅词四标准”等一系列主张，且力推周邦彦词为体现雅词特征的标准化，立论鲜明，自成一体，自问世后，多为后世论词者称引。

陆辅之(1275—1350?)名行直，字季通，号壶天，或称湖中居士，元初人，少年时曾随张炎学词，受张炎的影响很大。他的两卷本《词旨》就明确宣称是遵照张炎的要求所写，是对张炎词论观点的继承和发挥。《词旨》第一部分是修辞理论，后四部分是修辞手法的典型实例，被视为词论修辞学史上的重要著作，同样影响深远。

宋末元初词的式微之趋势到了明代更为明显，不过词话却得到了进一步的发展，在新的美学范畴和词学研究领域都得到了拓展。尤其值得一提的是，词话的独立地位也得到进一步提升，如杨慎著有《升庵诗话》，又有词话《词品》，而王世贞的《艺苑卮言》则将诗话与词话分别加以辑录等。

杨慎（1488—1559）字用修，号升庵，明代文学家，位居明代三大才子之首。他博闻强识，对经、史、诗、文、词曲、音韵、金石、书画无所不通，尤其擅长论古考证之作。同时他还是有明一

代著名的博学家，对天文、地理、生物、医学等也有很深的造诣。其著作达百余种，后人辑为《升庵集》。杨慎的《临江仙③滚滚长江东逝水》一词，因被罗贯中《三国演义》作为开篇词而广为人知。《词品》共六卷，拾遗一卷，书中搜罗考证历代词人词作的本事以及前人品评之语，此外还自评唐、五代、宋、元等朝代词人八十余人，内容涉及词体特性、风格、用韵、创作等诸多方面，兼具文献价值与理论价值。

王世贞（1526—1590 年）字元美，号凤洲，又号弇州山人，明代文学家、史学家，在文学研究史上以倡导文学复古运动知名，诗文则为明代“后七子”之首。《艺苑卮言》词话部分主要品评词人词作，推崇“宛转绵丽”的风格，认为李煜、晏殊与晏几道父子、柳永、张先、周邦彦、秦观、李清照为词之正宗，而温庭筠、韦庄、黄庭坚、苏轼、辛弃疾为词之变体。

这个时期的词话建树颇多，如词的婉约与豪放之分、词调的分类、词谱与词韵的制定、词的评点等，在独树一帜的同时，也为清代词学的繁荣打下坚实基础。值得一提的还有陈霆的《渚山堂词话》，可取之处在于广为采集宋元明词人逸事佚句；俞彦的《爰园词话》也以精炼篇幅论及了词之源流、作法，品评词家也多有精到之语。

词话到了清代呈现出精彩纷呈的局面，数量之多、质量之高，皆成巅峰，可谓佳作如林。之前的词话作者中名家的比例不少，但在清代，名家论词尤其突出，如著名的学者毛奇龄、焦循、张惠言、宋翔凤、谭献、刘熙载、沈曾植、王国维；著名词家如沈谦、邹祗谟、彭孙通、郭唐、张惠言、谭献、王国维；以诗闻名的如王士祯、沈曾植，而李渔、沈谦等更是曲界名家。这些名家凭借各自学养和擅长，使得词学研究谨慎严密，得其精髓，搔中其痒，佳作迭出，使清词话较之于前代词话更显精彩纷呈。

词自诞生起就处于颇为尴尬之位，“词为末道小技”的观念伴随始终，词评人自身对词人词作的品评也多百味杂陈。但是，不论如何，词评人仿佛总于一片萧瑟之中小心翼翼呵护和栽培着这朵文学奇葩，而在历经千古秋风之后，也终得见冬去春来、一片繁华。

【注】

①品藻：研究。
②别裁：鉴别裁定优劣，决定取舍。
③乐府：乐府是西汉时期设立的音乐行政机关，其任务是收集编纂各地民歌、整理改编供朝廷典礼和宴会时演唱。后来乐府成为一种诗体的名称，无论是民间歌谣还是文人所作诗歌，只要可以入乐，均称为“乐府”。再后来，文人按照乐府旧题创作的诗歌即使不入乐，也可称为“乐府”。

几多心思拟集名

诗人词人在自号时喜欢以居处或书斋为命，当然这居处书斋之名先也是费了几多心思拟就的。所谓“诗庄词媚”，填词最是风流雅事，词论者的尚雅品味当然也不让词人，为自己的词话集起一个雅趣十足的名字，就是非常必要的。

陈廷焯的《白雨斋词话》即是一例。陈廷焯（1853—1892），字亦峰，江苏丹徒人，清光绪年间（1875—1908）举人。他幼年学诗歌，推崇杜甫，奉之为宗，三十岁后专攻词学，虽然所作词作不见流播，但对词学的研究颇有心得。清代词学研究蔚为大观，陈廷焯的《白雨斋词话》在出现时间、词学批评和理论总结方面都有先导之功。

“白雨”古训为“大雨、暴雨”，且略有惆怅寂寥之意。陈廷焯一生折服的杜甫在《寄柏学士林居诗》一诗中写道：“青山万重静散地，白雨一洗空垂萝。乱世飘零予到此，古人成败子如何。”这首诗很能表现杜甫诗歌“沉郁顿挫”的特点，其中的悲慨之情在“白雨”的意象中得以寄托。陈廷焯以“白雨”为居室之名，正是有此深意。而他将“沉郁顿挫”用于词学批评上，阐发入微，持论精审，对词学创作理论和批评实践都很有贡献。陈廷焯还有《白雨

《重屏会棋图》周文炬（五代）

斋词存》《白雨斋诗抄》等论著传世。

如果说“白雨”的意蕴和典故相较而言还不是那么显而易见，那么清代学者谢章铤的“赌棋山庄”则明朗得多。谢章铤的著作有《赌棋山庄文集》《赌棋山庄诗集》《赌棋山庄·酒边词》《赌棋山庄词话》等，都以山庄名字命名。

至于“赌棋”的典故，则出自《晋书·谢安传》。谢安，东晋名士，官至宰相。著名的淝水之战中，全赖他的运筹帷幄、决胜千里，晋军才得以数万兵力击溃前秦百万大军。据史书记载，淝水大战前夕，谢安表现轻松，与人下棋，约好“围棋赌别墅”。以往谢安技不如对方，这次因为对方心神不宁，谢安赢了。但他把别墅送给了对方，随后外出游玩，晚上回来之后方才“指授将帅，各当其任”。对这个典故，后人理解多有分歧。有人认为跟谢安赌棋的对象就是他的侄子谢玄，谢安此举是为了安抚侄子临战前的紧张情绪。但也有人认为此时的谢玄已在前线抗敌，跟谢安赌棋的是宰相张玄，这段记述主要用以说明谢安在局势危急之时的镇定自若。无论事实如何，“赌棋”的典故都为谢安赢得了美名。不过，谢安更为人知的还是另一个关于下棋的典故。谢玄在前线率兵获得淝水大捷之后，捷报传到谢安府上。当时谢安正与人下棋，收到战报之后若无其事，顺手放在旁边，继续下棋。棋友忍不住询问，他才淡然相告：“小儿辈遂已破贼。”这种淡定到极点的表现，也许是为了表明自己对这一战胸有成竹，胜券在握。但他还是没能按捺住内心的激动之情，棋罢之后回内室，跨门槛的时候，将木屐上的木齿折断了都没有察觉。

谢安就是谢章铤的先祖。谢章铤（1821—1904），字枚如，号药价退叟，福建长乐江田人。谢章铤学问精深，咸丰年间曾受聘漳州丹霞、芝山书院主讲，后以57岁高龄考取进士；1884年，在著名的庐山白鹿洞书院主讲，之后又受聘福州致用书院山长，培养了众多门生，其中就有著名的翻译家林纾。林纾在《谢枚如赌棋山庄记》一文中说：谢徒有雄心壮志而不被重用，“乃发为文章，以泄其愤”，名其山庄为“赌棋”，表明其“用世之心未尝忘矣。”结合谢章铤奋发有为的一生，“赌棋”的意蕴这样解释是正确的。不过，谢章铤的诗文功夫虽然极深，但成就最高的还是词作及词论。而填词评词似乎更讲究超脱恬淡或风流蕴藉，这与“赌棋”典故蕴含的“淡定自若”更为吻合一些。

“白雨”“赌棋”的意蕴和内涵显得多少有点诗歌的“庄重”，而有些以居处命名的词话则充分体现了词的“媚”。清代陆蓥撰有《问花楼词话》一书，据该书记载，问花楼名字的由来其实是有纪念意味的。陆蓥的祖先曾任地方长官，故第在苏州吴江县北门的下塘街，旧时楼舍十余间，楼下处处栽种榆树、柳树、桃树、李树等。每年到了春夏之交的花开时节，各种鲜花争奇斗艳、落英缤纷，在楼上观赏实在是赏心悦目的美事一桩。这位先祖估计

庐山白鹿洞书院

是陆蓥家族的一大骄傲，后来虽然旧居不复，但关于楼前鲜花处处的典故却一直口口相传了下来。陆蓥所作诗钞一卷、诗话三卷和词话一卷都以“问花楼”命名。虽说是纪念先祖旧居，但“问花”一词还是出自陆蓥的匠心。在宋词中，涉及“问花”的就有宋代著名词人欧阳修《蝶恋花·庭院深深深几许》中的“泪眼问花花不语，乱红飞过秋千去”，元代散曲家张养浩也有“问花不语，花替人愁”的句子。“问花”二字，显得意蕴纯美而典故醇香。陆蓥《问花楼词话》这一部词话，曾有一波三折的命运。同治年间，经过封大夫的修订，将其附在《问花楼诗钞》后面。封大夫具体是何人不详，只大致知道与陆蓥先祖有师生之谊。后来此本散佚，南社成员陈去病从陆蓥的曾孙陆元鼎处得到后，方重又刊刻流传。

能从词话集的书名里读出词意来的，还有清代丁绍仪的《听秋

苏州网师园月到风来亭

《梅花诗意图》王岩叟（北宋）

声馆词话》。虽然此书中没有点明其名由来为何，但从薄薄一本词话集中引用含有“秋声”的词句多达二十来处，可以想见丁绍仪本人对这个词或者说词意意象的情有独钟。不仅如此，“秋声”外还要加上一个动词“听”字，更增添了生动的意象。丁绍仪先以此为居处的雅名，而后又以此为词话集命名。

以居处命名的词话集，大致来说不外乎或是以典故言志，如前面所提《白雨斋词话》和《赌棋山庄词话》之外，还有《远志斋词话》《介存斋论词杂著》《拙轩词话》《双砚斋词话》《金粟词话》《雨村词话》等；或是以词意意象托雅，如上文的《问花楼词话》《听秋声馆词话》之外，还有《皱水轩词话》《灵芬馆词话》《莲子居词话》《西圃词话》等。

还有一类很特别的命名方式，就是以作者的字号为名。如被誉为清代三大词话之一的《蕙风词话》，其作者况周颐在词评领域与王鹏运、朱孝臧、郑文焯合称“清末四大家”。况周颐（1859—1926），广西临桂（今桂林）人，原籍湖南宝庆。他家学渊源，祖上皆因文才而入仕。他本人学问渊博，于光绪五年（1879）得中举人，官任内阁中书一职，后来还在张之洞幕府中任事。况周颐一生致力于词学，五十年从不倦怠，尤精于词论。他本人也是词意盎然，曾经自号“玉梅词人”、“玉梅词隐”，到了晚年则号“蕙风词隐”。“蕙风”即“和暖的春风”，在古诗词里多有出现，如西晋著名文学家左思的《魏都赋》就写道：“珍树猗猗，奇卉萋萋，蕙风如薰，甘露如醴。”宋词里当然也少不了，周邦彦《看花回》词之二曰：“蕙风初散轻暖，霁景澄洁。” 而明代杨慎的《江陵别内》中也有“蕙风悲摇心，兰露愁沾足”的句子。总的来说，“蕙风”是个温暖的词，如明代钱谦益《尚宝司少卿袁可立妻宋氏加封宜人制》里说：“尚宝司少卿袁可立妻累封安人宋氏，兰行彰信，蕙风满盈。”就是形容该人让人如沐春风。

况周颐早年还以“玉梅”自号，所作九种词话合刊为《第一生修梅花馆词》，可见对梅花的偏好。而梅花的孤洁清冷之意也是不言而喻的。但到了晚年，他除了把号改成了“蕙风”，词话合刊也改成《蕙风词话》，这除了词意更浓之外，似乎可以体现况周颐从孤高自赏到平和温暖的个性转变。他的前半生可谓顺畅有为，而晚年则穷困潦倒，名号与人生境况反其道而行之，或者更能体现他心境的豁达超脱，不为现实所扰。

当然，词话论著并非都以“词话”为名，较早如王灼《碧鸡漫志》、胡仔《苕溪渔隐丛话》，张炎《词源》等，后如明代杨慎《词品》等。一般来说，明清词话的内涵基本确定，词话论著以“词话”命名居多。

辑录之功不可没

中国古代文人将文学视为“经国之大业，不朽之盛事”，非常重视对文学作品的保存。但在当时的条件下，不少作品还是免不了散佚的命运。词话这一形式的出现，使得词作的保存多了一条重要的途径。

如清代李调元《雨村词话》记载：

少游醉谪藤州，一日，醉野人家，作《醉乡春》词云：“唤起一声人悄。衾冷梦寒窗晓。瘴雨过，海棠开，春色又添多少。社瓮酿成微笑。半缺椰瓢黄舀。觉倾倒。急投床，醉乡广大人间小。”舀音咬，以瓢去取水也。本集不载，见于地志。或不识舀字，妄改可笑。

秦观（1049—1100），字太虚，又字少游，北宋高邮（今江苏高邮市）人，别号邗沟居士、淮海居士，世称淮海先生，“苏门四学士”之一。他的这首《醉乡春》在其词集中并未收入，是李调元从方志中发现了这首秦观佚词，并将其收入词话，使得这首词得

海棠花开

以为更多人所知，不至于淹没在少人问津的方志当中。类似的例子还有如“淮海遗词”条云：

秦淮海遗词散失，多见别本。而时刻不载。如《虞美人·影》云：“碧纱影弄东风晓。一夜海棠开了。枝上数声啼鸟。妆点知多少。妒云恨雨腰肢袅。眉黛不堪重扫。薄倖不来春老。羞带宜男草。”可知此外轶词更多矣。

秦观的这首词后世评价颇多，且通行本里也的确没有收录，后才被作为佚作收入。

又如清代宋翔凤《乐府余论》“慢词始于耆卿”条云：

然漫录亦载东坡送潘邠老词：“别酒送君君一醉。清润潘郎，更是何郎婿。记取钗头新利市。莫将分付东邻子。回首长安佳丽地。三十年前，我是风流帅。为向青楼寻旧事。花枝缺处馀名字。”右《蝶恋花》词，东坡在黄州，送潘邠老赴省试作也，今集不载。

秦观像

这里说该首《蝶恋花》是苏轼词集没有收录的。的确，《东坡乐府》并未收录该词，后来《东坡词》（文渊阁四库全书本）增补进去了，可以证实词话作者所说。虽然其出处《能改斋漫录》并未失传，但是由于词话作者将其从笔记中把这首苏轼佚词收入了词话，传播的范围和针对性就广得多了。

词话保存了著名词人的散佚词话固然弥足珍贵，但词话辑录散佚词作的功能，更多则体现在对不出名词作者及无名词作者的词作保

《蝶恋花之春暮》（选自《宋词画谱》）

存、传播上。如清代郭麐的《灵芬馆词话》“黄孝迈词”条云：

刘后村跋黄雪舟长短句云：“十年曾评君乐章，耄矣复现新腔一卷。”赋梨花云：“一春花下，幽恨重重，又愁晴，又愁雨，又愁风。”水仙云：“自恻金卮，临风一笑，酒容吹尽。恨东风，忙去薰桃染柳，不念澹妆人冷。”云云，词皆极工，黄集不传，他选本亦失之，故记于此。

刘后村即刘克庄，南宋著名诗人、词人。郭麐先介绍了刘克庄为黄孝迈（号雪舟）的词作跋，说他有词作一卷问世。刘克庄的《跋黄孝迈长短句》对黄孝迈的词作给予极高评价：“孝迈英年，妙才超轶，词采溢出，天设神授，朋侪推独步，耆宿避三舍。酒酣耳热，倚声而作者，殆欲摩刘改之、孙季蕃之垒。”夸赞其雄放风格可以与刘过、孙惟信相抗衡。刘克庄的《再题黄孝迈长短句》中又说：“其清丽，叔原、方回不能加；其绵密，骎骎秦郎‘和天也瘦’之作矣。”将其与晏几道、贺铸、秦观相提并论。郭麐不知从何处看到黄孝迈的这两首词中的几句，觉得水准果然很高，且发现黄孝迈的词集和选本都没有收录，因此辑录在自己的词话中，以使这几句佳作得以流传。

类似的例子还有清代李佳在《左庵词话》“晓泉词”一节里说：“辉发那拉晓泉续廉，腹笥博雅，诗词均有家数。惜脱稿懒自收拾，多散佚。剪灯谈艺之余，得数阕，亟登之。”先夸赞词作者的文才，并说作者完成词作之后无心收录，散佚颇多，令人可惜。李佳在两人夜谈之时得到他的一些词作，便为之一一辑录在自己的词话集中：

《唐多令·新蝉》云：“向晚雨初晴。先秋露未凝。怎禁他、遗蜕娉婷。算尔登仙真羽化，深树里、咽悲声。老我鬓星星。多愁不忍听。怅年年、入耳心惊。最是今年肠欲断，浑不似、去年情。”此盖为悼亡姬作。

《木兰花慢·七月二日同味莼在廷泛舟庆丰闸》云：“雨

《对月图》马远（南宋）

晴残暑退，携二客、泛扁舟。正获冷蒲荒，水平风稳，客与中流。三忠至今在否，剩丛祠、烟柳夕阳秋。管甚英雄寂寞，且饶我辈遨游。休休。老已何求。桃叶渡、酒家楼。有红粉当窗，笙歌夹岸，谁解闲愁。归船暗催日落，指高城、星火似瓜州。可惜一川香水，年年白了人头。”

《齐天乐·咏金钟儿》云：“销魂天寿山前路。断垣衰草零露。超越岩棱，啾啾月窟，那解兴亡今古。悲鸣自诩。有樵子寻踪．几回笼取。卖向街头，一时惊到小儿女。凉蝉渐辞暗树。剩蛩寒蛄冷。相和尔汝。檐马敲风。车鸾语夜，等是一般凄楚。铜瓶好贮。正良夜无眠，恼人情绪。试问秋虫，为谁调律吕。”

《菩萨蛮·上巳游蟠桃宫》云：“长堤一线偎春水。香车宝马人如织。隔岸两三家。墙头红杏花。旗亭斟绿酒。恰遇兰言友。好去强追欢。年年三月三。”晓泉十入秋闱，始获一捷。又两丧爱姬，故词多哀怨之音。

这几阕词细细读下来，的确当得起“均有家数”的评价。词话作者李佳还将自己对词作者创作背景的了解点出，如第一阕说是应为哀悼心爱的姬妾而作；最后还提到词作者登科之路坎坷艰辛，加之连丧两位心爱姬妾，这是他词作多哀怨之音的缘故。依词作者的个性，将自己词作集结成集的可能性不大，也的确未见其词集传世，李佳的《左庵词话》对其词作的辑录，对其传世居功至伟。

又如清代毛大瀛的《戏鸥居词话》“薛筠菩萨蛮”条云：

歌者薛筠，高涧南青衣也。涧南令阳邑，筠随梨园部演剧。涧南爱其色艺畜之。后筠从涧南入都，反予晋，卒于保

《菩萨蛮之秋归》（选自《宋词画谱》）

定旅舍。涧南搜其箧中，得侍词若干首。余见其《菩萨蛮》阕云："夕阳拥尽残鸦落。西风又紧边城角。并水咽黄昏。有人添泪痕。短长亭畔路。明日停鞭处。谁按小秦王。尊前促鬓霜。"颇有花间遗意。得之若人，尤所难也。

这薛筠是位梨园青衣，色艺皆佳。但作为一个地位底下被人豢养的戏子，其词作虽佳，也难以如文人那样让自己的作品登大雅之堂，更别提为人传颂或结集成册流播后世。可以想见，薛筠曾经写过的词应该不少，但死后仅余在行囊中的若干首被人发现。词话作者毛大瀛读到其中这首《菩萨蛮》，觉得颇得花间词派的意蕴，因此记录在词话中，这也很可能就是薛筠唯一的传世词作了。

词话中所辑录的词作作者，类似薛筠这样的底层人物虽籍籍无名，但至少还有姓名可考，而更多的词作作者则完全佚名。如清代查礼所著《铜鼓书堂词话》有“武林一老僧词”条云：

来往烟波，此生自号西湖长。轻风小桨。荡出芦花港。得意高歌，夜静声偏朗。无人赏。自家拍掌。唱彻千山响。”茂州陈时若大牧最喜歌此调。云武林一老僧所填点绛唇也，忘其名。余闻之，辄录出。往复咏叹，音调超绝。噫，此亦红姜老人之俦匹也。

再如郭麐的《灵芬馆词话》中有关“任潮诵其友人小词”条记载：

任淑圃潮。尝诵其友人小词云：“记得去年时事。日暖风恬雨霁。芳草绿罗裙，人在碧桃花底。休忆。休忆。正是者般天气。”惜未问其姓名。

词话作者辑录的这些词是辗转从朋友那里听来的，前一首词作者“武林一老僧”只余一身份，而对后一词作者则干脆一无所知。好在这些颇有意趣的词作，借助词话作者的辑录终于得以传世。

词话所辑录的词作中，最无来历的当数那些题在邮亭驿馆壁上的词作了。这些地方人来人往、去来无定，而且所题文字等最是良莠不齐。正如丁绍仪的《听秋声馆词话》中“旅壁题词”条云：“邮亭旅馆，虽多恶札，亦间有佳什”。词作者以较长篇幅辑录他人或自己在这些地方所见的词之佳作：

先祖西园琐述云：“昔经山右张兰镇，见旅壁题词，调寄《鹊踏枝》云：“帘外晓寒风力悄。欲换罗衣，尚怯春光早。刚著柳梢新绿到。弄晴枝上闻啼鸟。怪煞紫骝嘶渐杳。试问金铃，护得花多少。一样春眠偏易觉。榆他小妹忘春晓。”字极秀媚，不知何人所作。余昔在河南郭店驿，见壁间无名氏《长相思》云：“小楼西。小桥西。千缕垂杨绿未齐。画眉枝畔啼。草盈堤。水平堤。拾翠人归夕照低。春衫湿燕泥。”……又见楚北小溪旅舍壁悬小轴。书一词云：“风过处，习习野花香。独立溪桥望，云随流水忙。”按调为闲中好。书法颇佳，无款识，止图章二方，已为烟煤熏浣，不复可辨。

《仕女图》焦秉贞（清）

这些即兴而题的词作不仅合乎法度，情与意皆动人，时有“字极秀媚”“书法颇佳”的特点，不但很有可能出自学养深厚的文人之

杭州西湖柳浪闻莺

手，甚至有可能是著名词人之手。而旗亭旅馆风吹日晒之余还有煤烟之类的侵扰，这些文字迟早会如图章一样不复可辨。没有类似这样的辑录，必会就此湮灭不传。

词话不仅在辑录词作上功不可没，对词话的辑录也是如此。在词话论著中，提及他人词话作品是很常见的，很多不复再见的词话通过这个途径得以留名、留句、留内容，甚至留下整体。最著名的例子当属宋代胡仔《苕溪渔隐丛话》和魏庆之《诗人玉屑》对李清照《词论》的辑录，方使得李清照的《词论》在词学理论上所具有的重要地位也因此赖以幸存。

名词人词论传世

很多词话论者多擅填词，尤其是著名词人，不但自身有很多脍炙人口的词作，而且论起词来也别有心得。词在宋代达到巅峰，宋朝曾有词论传世的著名词人，首先是苏轼和李清照。

苏轼的词首开词作“豪放”一派，备受后世词评家的推崇。苏轼对词这一文体颇为喜爱，但当时文人普遍视词为“末道小技”，尤其婉约派词人柳永的词“俚俗”备受文人们的抨击。苏轼有意提高词的品位，连同苏门弟子在大量创作格调高雅词作的同时，也广为论词。

苏轼论词的文字不多，而且也没有形成系统。他对词这一文体的论述和见解散见于题跋、序引，以及宋人所撰的一些诗话、词话与笔记中。后人总结苏轼的词论主要有三点：力证诗词同质，倡导以诗为词；小词不碍、诗词异体；词自是一家。

苏轼身处的时代崇诗抑词，“诗尊词卑”的观念根深蒂固，他本人也深感词的内容多为艳词，格调不高。为此，他有意借诗提高词的格调地位，首先就是论证诗词同质，从以下资料可以看出：

《与蔡景繁第四简》：“颁示新词，此古人长短句诗也。

得之惊喜，试勉继之。”

《祭张子野文》：“清诗绝俗，甚典而丽。搜研物情，刮发幽翳。微词婉转，盖诗之裔。”

《跋黔安居士渔父词》：“鲁直作此词，清新婉丽。问其得意处，自言以水光山色，替却玉肌花貌。此乃真得渔父家风。”

《如梦令》(水垢何曾相受)小序：“元丰七年十二月十八日，浴泗州雍熙塔下，戏作《如梦令》阕。此曲本唐庄宗制，名《忆仙姿》，嫌其名不雅，故改为《如梦令》。”

苏轼将友人新词与古人之诗相提并论，并且为之惊喜，拔高词格之意显而易见。在评价张炎的词作时，他不但将其称为“清诗”，而且更直接宣示词为诗之裔，与诗同源。苏轼所论对于探讨词的缘起、词的本质，也提供了一条弥足珍贵的思路。进而，通过夸赞黔安居士的《渔父词》以水光山色题材代替传统词作玉肌花貌的艳俗题材，苏轼为词格的提高指明一条途径。

苏轼像

在给词的渊源以正名之后，苏轼致力于去词之俗，将词牌名《忆仙姿》更名为《如梦令》，此是又一例证。“忆仙姿”一名，顾名思义即思忆女子的姿容，透出香艳情调与脂粉气味；而“如梦”则为“人生如梦”的深沉感喟，格调境界自是大不相同。

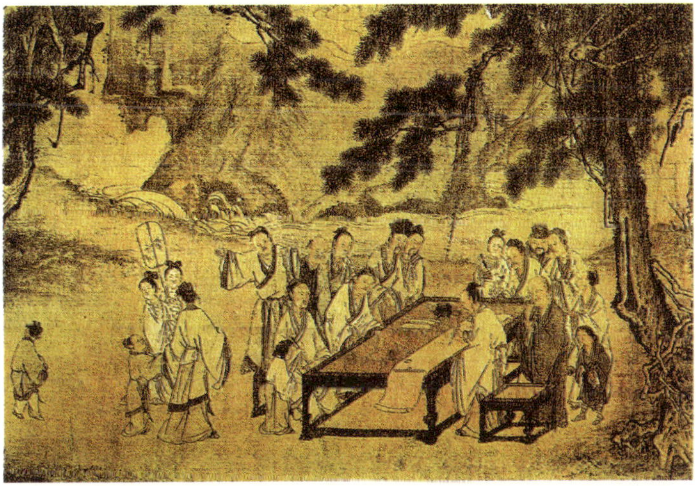

《西园雅集图》马远（南宋）

西园为北宋驸马都尉王诜的宅第，当时的苏轼、苏辙、黄鲁直、秦观、李公麟、米芾、蔡肇、李之仪、郑靖老、张耒、王钦臣、刘泾、晁补之等文人墨客，多雅集于此。宾主风雅，或写诗、或作画、或题石、或拨阮、或看书，极宴游之乐。

在词作的创作实践上，“以诗为词”也是苏词的重要特征。所谓以诗为词，是将诗的题材、格调、境界等入词，最终目的还是提高词的格调。陆游《跋东坡七夕词后》云：“昔人作七夕诗，率不免有珠栊绮疏惜别之意。唯东坡此篇，居然是星汉上语，歌之曲终，觉天风海雨逼人。学诗者当以是求之。”陆游从诗的创作切入，考量苏轼的七夕词，指出苏词于传统的情爱题材加入超拔的品格与阔大的境界，并鼓励学诗者以之为追求，这正好揭示了苏轼词作“以诗为词”的特点。苏轼的《与陈季常第十三简》中称好友陈季常“又惠新词，句句警拔，诗人之雄，非小词也”，对其以诗人视角写词大加推崇，提倡跳出词的“小”境界，代之以诗的阔达之境。

苏轼性情耿直，以诗文指摘时政而获罪不可谓不多矣。所以他自

杭州苏东坡纪念馆

己也在现实教训下不得不“痛戒作诗”，但词则不然。苏轼的《与陈大夫八首》其三云：“比虽不作诗，小词不碍，辄作一首，进录呈，为一笑。”苏轼认为诗词虽同源却异体，各有分工：诗负担着指摘时弊、讽喻现实的任务，而词则侧重抒发个人情怀，不致惹来祸端。尤其在被贬黄州期间，苏轼内心万千思绪多付诸词作：

《与陈季常十六首》其九：“近者新阕甚多，篇篇皆奇。”

《与李公择十七首》十三：“效刘十五体，作回文《菩萨蛮》四首寄去，为一笑。不知公曾见刘十五词否？”

《与王定国四十一首》其十二：“重九登栖霞楼，望君凄然，歌《千秋岁》，满座识与不识，皆怀君。遂作一词云：‘霜降水痕收……’。”

《与章质夫三首》其一：“《柳花》词妙绝，使来者何以措词。本不敢继作，又思公正柳花飞时出巡按，坐想四子，闭门愁断，故写其意，次韵一首寄去，亦告不以示人也。《七夕》词亦录呈。”

从现存苏词来看，苏轼在贬黄期间的词作约七八十首，数量可观的同时又不乏名篇，如《卜算子》(缺月挂疏桐)、《念奴娇》(大江东去)、《定风波》(莫听穿林打叶声)、《洞仙歌》(冰肌玉骨)、《水龙吟》(似花还似非花)、《临江仙》(夜饮东坡醒复醉)、《满庭芳》(归去来兮，吾归何处)等。苏轼于词中尽情抒发自己对人生的透彻之悟和旷达境界，词体的长短句错落有致、奔放自由，正适合他抒写此时的情感体验。

苏轼对“诗词异体”的认知还体现在强调词协律、可以歌唱这一点上.

《黄州与子明兄书》：“记得应举时，见兄能讴歌，甚妙。弟虽不会，然常令人唱，为作词。近作得《归去来引》一首，寄呈，请歌之。”

《与朱康叔第十三简》：“旧好诵陶潜《归去来》，常患其不入音律，近辄微加增损，作《般涉调哨遍》，虽微改其词，而不改其意。”

《水调歌头》(昵昵儿女语)序云：“建安章质夫家善琵琶者，乞为歌词。余久不作，特取退之词，稍加隐木括，使就声律，以遗之云。”

苏轼不善唱，不过对词的音律却很熟悉，也爱听唱，往往注意使就音律。他虽然提倡以诗为词，但却认真遵从词体入曲的特点。因此，苏轼的不少词作虽然不入音律，但并不代表他对词的音律特点加以否定。后来李清照对他“以诗为词、不协音律”的批评，从这一点来看并不全面。

苏轼的词“自是一家”，被认为是开创词“豪放”风格的理论依据。这一说法最先见于《东坡续集》卷五《与鲜于子骏书三首》之一：“近却颇作小词，虽无柳七郎风味，亦自是一家。呵呵！数日前猎于郊外，所获颇多。作得一阕，令东州壮士抵掌顿足而歌之，吹笛击鼓以为节，颇壮观也。写呈取笑。”苏轼所谓“自是一家”，又与以旖旎风月为特色的柳永词相比较，也就是开辟了词作即事抒怀，抒发大丈夫豪迈之气、英雄肝胆的壮观之风。关于苏词与柳词的区别，有一则广为人知的故事，记载在南宋俞文豹《吹剑续录》一书：

东坡在玉堂，有幕士善讴，因问：“我词比柳词何如？”对曰：“柳郎中词，只好十七八女孩儿，执红牙拍板，唱‘杨柳岸，晓风残月’；学士词须关西大汉，执铁板唱‘大江东去’。”公为之绝倒。

这则故事只说明柳词的旖旎婉媚和苏词的大气豪迈，但对于二者格调的高低、用词的雅俗和立意的宽窄并无涉及。清代张宗橚所辑《词林纪事》引南宋曾慥《高斋诗话》（原书已佚）中的一个故事：

秦少游自会稽入京，见东坡。坡曰："久别当作文甚胜，都下甚唱公'山抹微云'，之词。"秦逊谢。坡遽云："不意别后，公却学柳七作词。"秦答："某虽无识，亦不至是。先生

江西婺源彩虹桥

之言，无乃过乎？"坡云："'销魂当此际'，非柳词句法乎？"秦惭服。然已流传，不复可改矣。

作为苏门弟子的秦观所作《满庭芳》（山抹微云）为他博得了美名，但其中描写艳情的句子却让苏轼归之为柳永词句而批判，秦观听了十分惭愧。可见苏轼对词之高雅格调是极为重视的，并以极力摆脱以柳永词为代表的俗艳风格作为自己和苏门弟子的责任。

苏轼这些零散的词学观念已带有理论性质，他的词作创作实践也是在身体力行这些观念。他的"以诗为词""自是一家"，在词坛上树立起鲜明旗帜，并带动苏门文人集团对词这一艺术体裁深入思考，屡获深刻见解，从此词学从自发进入到自觉阶段，对后世的影响也颇大。李清照《词论》里词"别是一家"等词学观念，就被认为是对苏门词学观念的继承。当然，两者的观点并不相似，但都在维护词的独立品格做出了努力。

李清照的《词论》是一篇完整的文字，被认为是我国古代第一篇系统的词学专论。《词论》一文最早出现在南宋胡仔的《苕溪渔隐丛话后集》里，且并无题目，只以“李清照曰”引出；稍晚的魏庆之的《诗人玉屑》也有收录。至于李清照《词论》的成文时间，学界至今未有定论，一般持两种看法：北宋末年于少年期写成；南宋初年于晚年期写成。《词论》篇幅简短，议论精辟，起篇曰：

李清照像

乐府声诗并著，最盛于唐。开元、天宝间，有李八郎者，能歌擅天下。时新及第进士开宴曲江，榜中一名士，先召李，使易服隐姓名，衣冠故敝，精神惨沮，与同之宴所。曰：“表弟愿与坐末。”众皆不顾。既酒行乐作，歌者进，时曹元谦、念奴为冠，歌罢，众皆咨嗟称赏。名士忽指李曰：“请表弟歌。”众皆哂，或有怒者。及转喉发声，歌一曲，众皆泣下。罗拜曰：此李八郎也。

文章起首，李清照先说了唐代的一个故事，极力渲染歌者李八郎歌艺之高妙。一般认为这个引子是李清照对词之起源的认知，即唐代中叶之后出现的和乐作词的曲子词，而这又可以追溯到汉代乐府的和声诗。李清照这里强调的是词倚声填词的“协音律”特性，也正是她极力秉持的好词的重要标准之一。这段看似闲笔的文字，其实也说明了当时曲子词已经由民间风靡至文人雅士群体。这就引出词这种新兴抒情文体的出现并日渐繁盛：

自后郑、卫之声日炽，流糜之变日烦。已有《菩萨蛮》《春光好》《莎鸡子》《更漏子》《浣溪沙》《梦江南》《渔父》等词，不可遍举。五代干戈，四海瓜分豆剖，斯文道息。独江南李氏君臣尚文雅，故有“小楼吹彻玉笙寒”“吹皱一池春水”之词。语虽甚奇，所谓“亡国之音哀以思”也。

李清照对李煜词作的“雅”还是很推崇的，认为其用语也新奇，而亡国之音是时代背景所致。她认为所谓斯文和雅在乱世

《仕女图》费丹旭（清）

如五代是很难存续的，到了宋代是如下情形：

逮至本朝，礼乐文武大备。又涵养百余年，始有柳屯田永者，变旧声作新声，出《乐章集》，大得声称于世；虽协音律，而词语尘下。又有张子野、宋子京兄弟，沈唐、元绛、晁次膺辈继出，虽时时有妙语，而破碎何足名家！至晏元献、欧阳永叔、苏子瞻，学际天人，作为小歌词，直如酌蠡水于大海，然皆句读不葺之诗尔。又往往不协音律，何耶？

宋代的社会经济发展为词的繁花似锦提供了最适宜的土壤，而柳永的出现带来了慢词长词①的“新变”，促进了宋词的全面繁荣。李清照对柳永在声律方面的成就给予较高评价，但却遗憾于其用词的“尘下”，即不雅。柳永之后词坛百花齐放，在历数张先，宋庠、宋祁兄弟及其后几位当时知名词人之后，她的评价是：妙语迭出，但未达到整首词浑然天成，所以不足以称为名家。至于晏殊、欧阳修、苏轼，她盛赞他们的大学问和深厚文笔，认为他们写小词的文才绰绰有余；然而写文章、写诗和写词所需才力是不相同的，因此这些文笔大家的词作总是跳不出诗的意味，更何况往往不协音律。李清照明确点出诗与词的不可同日而语，而对于合乎音律的重要性，她做了如下分析：

盖诗文分平侧，而歌词分五音，又分五声，又分六律，又分清浊轻重。且如近世所谓《声声慢》《雨中花》《喜迁莺》，既押平声韵，又押入声韵；《玉楼春》本押平声韵，有押去声，又押入声。本押仄声韵，如押上声则协；如押入声，则不可歌矣。王介甫、曾子固，文章似西汉，若作一小歌词，则人必绝倒，不可读也。

《瑶台步月图》陈清波（宋）

李清照对词的协音律提出了极高的要求，五音、五声、六律、清浊轻重，仅就押韵就有很多讲究。从这点出发，她认为王安石和曾巩这样的文章大家写出的小词往往沦为笑柄。李清照之所以执著于此，跟词在当时的文学地位不高、身份尴尬有关。作为词人，总是希望词有独立的品格，而协律可歌正是词可以明显区分于诗的特点。为此李清照着力强调这一特点，并顺势得出这样的结论：

乃知词别是一家，知之者少。后晏叔原、贺方回、秦少游、黄鲁直出，始能知之。又晏苦无铺叙。贺苦少重典。秦即专主情致，而少故实。譬如贫家美女，虽极妍丽丰逸，

《江帆楼阁轴》李思训（唐）

而终乏富贵态。黄即尚故实而多疵病，譬如良玉有瑕，价自减矣。

懂得词之协律的重要性并身体力行的，在李清照看来是晏几道、贺铸、秦观和黄庭坚。然而她紧接着又提出好词的其他重要标准：铺叙、重典、情致、故实。照此标准看去，前面这几位协律方面做得很好的著名词人，其词作也都称不上好词。这样看来，李清照对好词的标准可谓高之又高。有人历数前代及当时的词人，发现只有周邦彦是最接近她要求的词人。但李清照在她的《词论》中却对周邦彦不着一字，其中原因不得而知，众多猜测也纷至沓来。比如宋代刘肃《片玉词序》中就推测说："易安词论，于诸家多有指摘，竟无一语及先生。盖先生之词，是易安所谓正宗，字字珠玑，原无不佳之句。"因为契合自己的标准而不提及，这样的说法不免牵强。其实胡仔所辑录李清照的词论，未必是李对词的全部看法，所以种种猜测也都难以坐实。总而言之，李清照提出了好词的这一系列标准，说是苛刻并不为过，就连她自己在词作实践中也难以企及。

首先，因为严格协律，这会对词句选择产生极大的束缚。李清照自己的《漱玉词》里，平仄的讲究做得最好，但阴阳四声就难以严格恪守，用韵宽松的词也不少见。可以想见，协律已经不容易了，还要兼顾内容和用词上的种种讲究，是如何困难。

其次，李清照对协律的看法也有失当之处。比如对《玉楼春》等词牌名的四声押韵问题。其实这个词牌名是来自五代后蜀"花间"词人顾夐的词中"月照玉楼春漏促""柳映玉楼春欲晚"之句。这个词牌的曲调有多个词牌名，如《惜春容》《西湖曲》等，但都没有如李清照所说的"押平声韵"之说。这样的失当之处，让这篇本就相当激进的论词之说落人口实。

李清照《词论》中对数位词坛名家的批评也颇受诟病。如对王安石"若作一小歌词，则人必绝倒，不可读也"的评价，近人梁启超曾用王安石的《桂枝香》（登临送月）一词作为例子反驳。先看这首词：

登临送目，正故国晚秋，天气初肃。千里澄江似练，翠峰如簇。征帆去棹残阳里，背西风，酒旗斜矗。彩舟云淡，星河鹭起，画图难足。

念往昔，繁华竞逐，叹门外楼头，悲恨相续。千古凭高对此，谩嗟荣辱。六朝旧事随流水，但寒烟衰草凝绿。至今商女，时时犹唱，《后庭》遗曲。

梁启超认为，王安石这首词无论从协律、立意、用典、词工方面，都堪与周邦彦和辛弃疾比肩。李清照对王安石的词作应该还是熟悉的，作此评价委实轻慢。至于将晏殊、欧阳修和苏轼三个风格不尽相同的词家放在一起批判，难免笼统偏颇、顾此失彼。苏轼的“以诗为词”是很多词论家都有的公论，但多赞赏其对词之境界的提升和拓展。李清照虽然因为将协律放在第一位，对苏轼的词产生不满，但两人在维护词的纯粹性上却是不约而同的。苏轼的词“自是一家”，意即自己的词有别于柳永之流的俗艳，自成家数；而李清照的“词别是一家”，则是强调词与诗的不同。从内容上来说，李清照摒弃柳永的“词语尘下”，与苏轼“自成一家”则是相吻合的。但李清照的对苏轼的批判绝非为贬而贬，而是站在更高的层面上，表达了一颗为维护词的纯洁性而义无反顾“舍己为词”的赤诚之心。用“爱之深，责之切”，来形容李清照《词论》对好词的严苛标准，恐怕是相当贴切的。

【注】

①慢词，是宋代词人最为常用的曲调样式。慢词在唐代已出现，慢词的名称是从“慢曲子”而来，慢曲子是与快曲子相对，演奏时节奏舒缓。宋初的词主要是小令，在柳永、苏轼以后，慢词才开始流行兴盛。慢词一般句子长，韵疏节缓。长词，又称“长调”，词调的体式之一。明刻本《类编草堂诗余》以九十一字以上为“长调”，五十九字至九十字为“中调”，五十八字以内为“小令”。

推神品，佳词入各眼

激赏赞誉论词人

在论及所激赏的词人词作时，词论者往往有“最”“绝”“无过”“惊人”等极致赞美之词。典型代表如清代陈廷焯，他在《白雨斋词话》中对数位词人都用上此类赞誉。如卷二中有关“词坛三绝”的论述：“……词法之密，无过清真。词格之高，无过白石。词味之厚，无过碧山。词坛三绝也……”在他看来，古往今来的词人，以周邦彦的法度之缜密、姜夔的格调之高雅，以及王沂孙的韵味之深厚，最是无人能及，因此称三者为“词坛三绝”。他首先提及的周邦彦，是堪称最被词论者推为冠冕的词人。

周邦彦（1056—1121），字美成，号清真居士，钱塘人（现在杭州）。因其词作词风精雅，风格独具，尤以词格律谨严、语言曲丽精雅著称，在艺术创意上堪称大家，为后来格律派词人所宗，对宋词发展有承前启后之功。周邦彦的词作数量也是宋朝词作者中最多的，在当时就已影响颇巨。宋代陈郁的《藏一话腴》乙集卷就说：“周邦彦字美成，自号清真，二百年来乐府独步，贵人学士市儇妓女，知美成词为可爱。”而宋代刘肃在《片玉词序》中的论述则成为经典：“周美成……寄情长短句，缜密典丽，流风可仰。其徵辞引类，推古夸今，或借字用意，言言皆有来历，真足冠冕词林。”“冠冕词林”

四字，被后人转述为“词家之冠”，并广为流传。类似的称赏还有南宋陈振孙《直斋书录解题》卷二十一云：“（周词）多用唐人诗句隐括入律，浑然天成，长调尤善铺叙，富艳精工，词人之甲乙也。”所谓甲乙，即数一数二之意。宋元之际，张炎的《词源》卷下称“美成负一代词名”，也是极高的美誉了。

陈廷焯所说“词坛三绝”之二为宋代词人姜夔（1154—1221），字尧章，号白石道人，饶州鄱阳（今江西鄱阳县）人，作品以空灵含蓄、风格清劲疏宕出名。清代刘熙载《艺概》卷四评姜夔词曰：“白石才子之词，稼轩豪杰之词。……姜白石词幽韵冷香，令人挹之无尽。拟诸形容，在乐则琴，在花则梅也。”姜夔与吴文英、辛弃疾为南宋词坛鼎足而三的重要词人，后世词论者对其的评价虽多有激赏，但并没有像对周邦彦那样的极致赞誉。王国维的《人间词话》评价也大抵如此：“古今词人格调之高，无如白石，惜不于意境上用力，故觉无言外之味，弦外之响。终不能与第一流之作者也。”“南宋词人，白石有格而无情。”

姜夔像

“词坛三绝”之王沂孙（1230—1291），字圣与，号碧山，又号中仙，因家住玉笥山，故又号玉笥山人，会稽（今浙江绍兴）人。王沂孙集咏物词之大成，与周密、张炎、蒋捷并称宋末词坛四大家。其实王沂孙作为词人生前和身后声名都不显，直到影响极大的常州词派继起，对王沂孙推崇备至，才使得他在词坛的地位后来居上。王沂孙词作的风格含蓄深婉与周邦彦、吴文英相似，其清峭处又颇似姜夔，

四鸾菱花镜（唐）

所以张炎说他“琢语峭拔，有白石意度”。王沂孙咏物词极工，层次章法缜密，在宋末格律派词人中颇具个性。不过其词作的弱点也是显而易见的，用典过多，颇显晦涩，后期的哀婉低落被称为亡国哀音。因此他虽然列为“词坛三绝”之一，但显然还是无法与周邦彦甚至姜夔比肩。

陈廷焯《白雨斋词话》中用“绝”字盛赞的还有晚唐词人温庭筠。温庭筠（约812—866）本名岐，字飞卿，太原祁（今山西祁县东南）人，为“花间派”首要词人，其词艺术成就在晚唐诸词人之上。陈廷焯评价说：“飞卿词全祖离骚，所以独绝千古。菩萨蛮、更漏子诸阕，已臻绝诣，后来无能为继。”温庭筠独绝千古的原因是因为其深得《离骚》之意蕴，至于评论中提到的《菩萨蛮》和《更漏子》，应指这两阕：

小山重叠金明灭，鬓云欲度香腮雪。懒起画娥眉，弄妆梳洗迟。照花前后镜，花面交相映，新帖绣罗襦，双双金鹧鸪。（《菩萨蛮》）

玉炉香，红蜡泪，偏照画堂秋思。眉翠薄，鬓云残，夜长衾枕寒。梧桐树，三更雨，不道离情正苦。一叶叶，一声声，空阶滴到明。（更漏子）

温庭筠的这两阕词的确广受词评家好评，如南宋胡仔的《苕溪渔隐丛话》就说："庭筠工于造语，极为绮靡，《花间集》可见矣；《更漏子》一词尤佳。其词云：'玉炉香，红蜡泪。'"而陈廷焯如此推举温庭筠的理由则在于其"沉郁含意"："……飞卿词，如'懒起画蛾眉。弄妆梳洗迟。'无限伤心，溢于言表。又'春梦正关情。镜中蝉鬓轻。'凄凉哀怨，真有欲言难言之苦。又'花落子规啼。绿窗残梦迷。'又'鸾镜与花枝。此情谁得知。'皆含深意。此种词，第自写性情，不必求胜人，已成绝响。"

《妆靓仕女图》苏汉臣（宋）

《秋窗读书图》刘松年（宋）

从哀而不伤、饱含深意这点而言，陈廷焯认为温庭筠的词作已成绝响，后世词人再怎么努力，也是只得其末。像这样的评价，其他词评人则没有类似的表述。清代张惠言《词选序》说："唐人词人，温庭筠最高，其言深美闳约"，算是回应了《白雨斋词话》"唐代词人，自以飞卿为冠"的评价。当然，类似刘熙载《艺概》卷四《词曲概》谓："温飞卿词精妙绝人，然类不出乎绮怨"这样的中肯之词还是比较多。

陈廷焯《白雨斋词话》还对与温庭筠齐名的晚唐词人韦庄评价说："韦端己词，似直而纡，似达而郁，最为词中胜境。"意即韦庄的词作字面上直率其实情意曲折；口吻看似通达，而内容实则沉郁，而这正是词中最好的境界。韦庄(836—910)，字端己，杜陵(今陕西西安附近)人，晚唐花间派词人，与温庭筠并称“温韦”。相较来说，词论家对温庭筠的评价是更高于韦庄的。不过王国维的《人间词话》则认为韦词高于温词："端己词情深语秀……要在飞卿之上"，“温飞卿之词，句秀也。韦端己之词，骨秀也”。

对于北宋词人贺铸的词，陈廷焯在《白雨斋词话》中也有颇为极致的表达："方回词，胸中眼中，另有一种伤心说不出处，全得力于楚骚，而运以变化，允推神品。" 贺铸(1052—1125)，字方回，号庆湖遗老。贺铸词风兼豪放、婉约二派之长，用韵严谨、富于节奏音律之美，语言浓丽哀婉，意境旷远，有秦观、晏几道之风，而其悲壮激昂忧时之作又颇得苏轼之功。陈廷焯在《云韶集》卷三中评价贺铸时说："词至方回，悲壮风流，抑扬顿挫，兼晏(殊)、欧、秦、柳之长，备苏、黄、辛、陆之体，一时尽掩古人。两宋词人，除清真、白石两家外，莫敢与先生抗衡。" 这个评价虽然道出贺铸词的主要特点，但明显过于拔高了。

陈廷焯评词基本能抓住其精要，只是喜用极致之语表达赞赏。如评价李清照时说："易安佳句，如《一剪梅》‘红藕香残玉簟秋’精秀特绝，真不食人间烟火者。" 他在《词坛丛话》一书中又说："李易安词，风神气格，冠绝一时，直欲与白石老仙相鼓吹。妇人能词者，代有其人，未有如易安之空前绝后。" 总的来说，陈廷焯对词人的评价常有过誉之嫌，这是不争的事实。

用类似极致之语评价词人的还有清人胡薇元，他在《岁寒居词话》谈及欧阳修时说："欧阳永叔《六一词》，工绝。今集中多浅近之词，则公知贡举时，不取怪异之文，下第举子刘辉等忌之，作‘醉蓬莱’‘望江南’词，杂刊集中以谤之。然而浅俗语、污蔑佻薄之词，固可一望而知也。他日刊公集者，吾愿为之湔洗，以还旧

《四景山水图之夏》刘松年（南宋）

观。”他用”工绝“来形容欧阳修的《六一词》，但此后并无进一步的分析。胡薇元自知从欧阳修现存词作里得出这个结论是无法服人的，因此接着推测因为客观原因，即有小人托名欧阳修作浅俗佻薄之词，致使欧阳修词集良莠不齐，极大影响其“工绝”的整体特色，为此发愿能还其本来面目。

宋人王灼在《在碧鸡漫志》中对王观有用了“惊人”一词来评价：“王逐客（观）才豪。其新丽处与轻狂处，皆足惊人。”王观（1035—1100），字通叟，如皋（现属江苏南通）人，宋代词人。受王安石变法连累，王观被朝廷无故罢职，为此自号“逐客”。王观的词作不多，几首脍炙人口之作构思新颖、造语佻丽，但内容和格局都不出彩。王灼用惊人来形容他的构思、造语和意境之新奇，较为贴切。不过至于“惊人”之说，也免不了有个人化感受之嫌。

宋人张侃《拙轩词话》也说过：“秦淮海词，古今绝唱，如《八六子》前数句云：‘倚危亭，恨如芳草、萋萋铲尽还生。’读之愈有味。”因激赏而出极致语，也是词论者的真情流露。

极致之语评词作

词话里对词作的点评，也多有极致之语。相对而言，针对具体作品所作的这类极致称誉，比起对词人来显得客观，也易为人接受。当然，个人见解也更为不同。比如对咏梅词，明人杨慎《词品》写道：“吕圣求《东风第一枝》词……古今梅词，以坡仙绿毛幺凤为第一，此亦在魁选矣。（案：此词乃张翥作，见《蜕崖词》）。”

《墨梅图》王冕（元）

杨慎错将元代词人张翥《东风第一枝》归在宋代词人吕渭老名下，但无损对该词的理解和喜爱，并将其与苏东坡的咏梅词相提并论。现将张翥《东风第一枝》和苏轼《西江月》分列如下：

老树浑苔，横枝未叶，青春肯误芳约。背阴未返冰魂，阳梢已含红萼。佳人寒怯，谁惊起、晓来梳掠。是月斜、花外幺禽，霜冷竹间幽鹤。云淡淡，粉痕渐薄。风细细，冻香又落。叩门喜伴金尊，倚阑怕听画角。依稀梦里，记半面、浅窥朱箔。甚时得、重写鸾笺，去访旧游东阁。（张翥《东风第一枝》）

玉骨那愁瘴雾，冰肌自有仙风。海仙时遣探芳丛，倒挂绿毛幺凤。素面常嫌粉涴，洗妆不褪唇红。高情已逐晓云空，不与梨花同梦。（苏轼《西江月》）

《梅月辉映图》陈录（明）

对于张翥这首词的妙处，杨慎没有点评。从词作来看，张翥在对梅花的描写和意境的营造上，采用的拟人化用法以及幽淡清雅之意，确实颇为动人。而苏轼这首词则公认是怀人之作，以梅喻人，又不脱梅花最特别之处的细节描写。杨慎用以代替整首词的“绿毛幺凤”一句，有人认为措辞上欠雅。其实，当时苏轼被流放到广东惠州。当地有一种珍禽常倒挂在梅花树上。这种珍禽形似绿毛凤而小，苏轼便以“绿毛幺凤”称之，深得其外形特征精髓。岭南梅花因此珍禽而具有令中原人惊叹的奇特美景。苏轼“海仙时遣探芳丛，倒挂绿毛幺凤”一句，以海仙化身称这种小珍禽，晁补之读到后称叹不已：“此老须过海，只为古今人不能道及，应罚教去。”意思是天意注定苏轼就该去往这个地方，才能将其奇景鲜活道出。这首词胜在意境的高洁空灵、感情的蕴藉深沉上，多为词论家赞誉。在杨慎看来，苏、张二人的咏梅词一为第一，一为首选，不相上下。

到了清代，李调元也有梅花第一词的评论。他的《雨村词话》写道：“各家梅花词不下千阕，然皆互用梅花故事缀成，独晁无咎补之不持寸铁，别开生面，当为梅花第一词。鉴角儿云：‘开时似雪。谢时似雪。花中奇绝。香非在蕊，香非在萼，骨中香彻。 占溪风，留溪月。堪羞损山桃如血。直饶更疏疏淡淡，终有一般情别。’”李调元先将历代梅花词都归之于“用梅花故事”缀成，意为多化用典故，过于拘泥；而北宋词人晁补之的上片①写梅花颜色如雪，清香透骨。其起始句颇为特别，用重句而略更数字，两联似对非对，这样的遣词给人以灵动之感。下片以山桃的艳丽进行对比，突出梅花的高洁淡远。这正是词人志趣和情操的追求，托物言志之意显而易见。这首词立意并非特出，但遣词造句的确当得起别开生面的评价。

清人李佳最赞赏的则是姜夔应石湖居士（诗人范成大自号）之请而作的咏梅姐妹篇《疏影·苔枝缀玉》和《暗香·旧时月色》。李佳的《左庵词话》称："白石笔致骚雅，非他人所及，最多佳作。石湖咏梅二词（即《暗香》《疏影》），尤为空前绝后，独有千古。"被他极致赞赏的两首咏梅词如下：

疏影

辛亥之冬，余载雪诣石湖。止既月，授简索句，且征新声，作此两曲，石湖把玩不已，使二妓肄习之，音节谐婉，乃名之曰《暗香》《疏影》。

苔枝缀玉，有翠禽小小，枝上同宿。客里相逢，篱角黄昏，无言自倚修竹。昭君不惯胡沙远，但暗忆、江南江北。想佩环、月夜归来，化作此花幽独。

犹记深宫旧事，那人正睡里，飞近蛾绿。莫似春风，不管盈盈，早与安排金屋。还教一片随波去，又却怨、玉龙哀曲。等恁时、重觅幽香，已入小窗横幅。

《梅边吟思图》顾洛（清）

杭州西湖白堤春光

姜夔的这两首词，极写梅花之清丽美态，并喻之以王昭君和寿阳公主这样的佳人寂寞孤高、香魂渺渺，欲重寻往日清欢而不可得，寄托的是词人对自身遭际的怜惜和更为深沉的忧国之思。李佳之前，宋代的张炎已对此二词有极高称许："诗之赋梅，惟和靖一联（疏影横斜水清浅，暗香浮动月黄昏）而已。世非无诗，不能与之齐驱耳。词之赋梅，惟姜白石《暗香》《疏影》二曲，前无古人，后无来者，自立新意，真为绝唱。词用事最难，要体认着题，融化不涩。如白石《疏影》"犹记深宫旧事"三句，用寿阳事；"昭君不惯胡沙远"四句，用少陵诗；皆用事而不为事所使。"张炎用林逋的咏梅诗一联在诗界的地位，来比拟姜夔咏梅二词在词坛上的地位，并给予"前无古人，后无来者""真为绝唱"的极高评价。接着又指出其用典上的高明之处，认为用典而不拘泥于典故最值得称赏。不

杭州西湖苏堤暮色

少词评家也基本持相同看法。但清代王闿运却有不同看法，认为用典过多，于词品有损，其《湘绮楼词选》说："此二词最有名，然语高品下，以其贪用典故也。"

与"梅花第一词"相类的说法，在清代李调元《雨村词话》里还有"西湖第一词"的说法："西湖词甚多，然无过高观国《竹屋痴语》所载《霜天晓角》词云：'春云粉色。春水和云湿。试问西湖杨柳，东风外、几丝碧。望极。连翠陌。兰桡双桨急。欲访莫愁何处，旗亭在、画桥侧。'初春情景，此词尽之矣。"

高观国是南宋词人，字宾王，号竹屋，生卒年不祥，生活年代约与姜夔相近，多有名句警语为后人传诵，如"香心静，波心冷，琴心怨，客心惊”，而“开遍西湖春意烂，算群花、正作江山梦”也是关于西湖的一个名句。这首《霜天晓角》西湖词写得颇有画意，用粉色形容春日的云，又与春日湖水一色，而岸边柳丝的之碧色一望无际，衬着水中舟船穿行急，动静皆宜的美如画幅展开。不过，李调元评为西湖第一词，恐怕多是一厢情愿。西湖名词在宋朝已有欧阳修《采桑子》四阕，其一曰“轻舟短棹西湖好，绿水逶迤，芳草长堤，隐隐笙歌处处随。无风水面琉璃滑，不觉船移，微动涟漪，惊起沙禽掠岸飞。”寥寥数语，从视觉和听觉上表现了轻盈起伏的春日生机勃发，给人带来了美景无限之感，早被众多词论者称道。至于柳永《望海潮》描写西湖“三秋桂子、十里荷花”，引金主完颜亮挥鞭南下的典故，更是脍炙人口。

宋人杨湜《古今词话》：“金陵怀古，诸公寄词于《桂枝香》，凡三十余首，独介甫最为绝唱。东坡见之，不觉叹息曰：‘此老乃野狐精也！’东坡羡服之语，非引用刘玺遇狐故事。”野狐精，是禅宗里的一个话头，原指野狐的精魅能作变幻，以欺诳他人，但也可以用来赞叹不拘常规。王安石（1021—1086），字介甫，号半山，谥封荆国公，世人又称王荆公，北宋抚州临川人，著名政治家、思想家、文学家、改革家，也是唐宋八大家之一。欧阳修曾称赞王安石：“翰林风月三千首，吏部文章二百年。老去自怜心尚在，后来谁与子争先。”王安石所作《桂枝香》全词如下：

王安石像

登临送目，正故国晚秋，天气初肃。千里澄江似练，翠峰如簇。征帆去棹残阳里，背西风，酒旗斜矗。彩舟云淡，

南京秦淮河

星河鹭起，画图难足。

念往昔，繁华竞逐，叹门外楼头，悲恨相续。千古凭高对此，谩嗟荣辱。六朝旧事随流水，但寒烟衰草凝绿。至今商女，时时犹唱，后庭遗曲。

金陵作为六朝古都，亡国怀古之思最多人写。但这首词立意高妙，写景奇绝，抒情更是得唐人佳处，可以说是借词之躯壳，现唐诗之神韵。此词的结语化用唐代诗人杜牧《泊秦淮》诗句："商女不知亡国恨，隔江犹唱后庭花"，更显得情致深婉悠长。

而引得众多词论者争相以极致赞美待之的词作，莫过于苏轼的《念奴娇·赤壁怀古》一词了。首先是北宋胡仔的《苕溪渔隐丛话》赞曰："东坡'大江东去'赤壁词，语意高妙，真古今绝唱。"他在《渔隐丛话后集》中又赞道："子瞻佳词最多，其时杰出者，如'大江东去，浪淘尽千古风流人物。'——赤壁词……凡此十余词，皆绝去笔墨畦径间，直造古人不到之处，真可使人一唱而三叹。”元末明初著名作家、历史学家、文坛盟主元好问，在《题闲闲书赤壁赋后》曰：“东坡赤壁词殆戏以周郎自况也。词才百余字，而江山人物无复余蕴，宜其为乐府绝唱。”清代黄苏的《蓼园词选》也赞同元好问的看法，并进一步细细分析此词：“题是怀古，意谓自己消磨壮心殆尽也。开口‘大江东去’二句，叹浪淘人物，是自己与周郎俱在内也。‘故垒’句至次阕‘灰飞烟灭’句，俱就赤壁写周郎之事。‘故国’三句，是就周郎折到自己。‘人生似梦’二句，总结以应起二句。总而言之，题是赤壁，心实为己而发。周郎是宾，自己是主。借宾定主，寓主于宾。是主是宾，离奇变幻，细思方得其主意处。不可但诵其词，而不知其命意所在也。”黄苏的分析细致入微，对苏轼寄托在这首词里的心情轨迹把握得较好。明代沈际飞在《草堂诗余正集》评价说：“语语高妙闲冷，初不以英气凌人”，说的正是这种情感愈转愈深愈奇的妙处。

《念奴娇·赤壁怀古》

苏轼

大江东去，浪淘尽，千古风流人物。故垒西边，人道是，三国周郎赤壁。乱石穿空，惊涛拍岸，卷起千堆雪。江山如画，一时多少豪杰。

遥想公瑾当年，小乔初嫁了，雄姿英发。羽扇纶巾，谈笑间，樯橹灰飞烟灭。故国神游，多情应笑我，早生华发。人生如梦，一樽还酹江月。

【注】

①片：词的每一分段称作“片”或“遍”。

论“百代词曲之祖”

词话的一个重要内容是辨伪论真。词话作者对以下两首词的作者产生的论争最具代表性。

“平林漠漠烟如织，寒山一带伤心碧。暝色入高楼，有人楼上愁。玉阶空伫立，众鸟归飞急。何处是归程，长亭更短亭。”——《菩萨蛮》

“箫声咽，秦娥梦断秦楼月。秦楼月，年年柳色，灞陵伤别。乐游原上清秋节，咸阳古道音尘绝。音尘绝，西风残照，汉家陵阙。”——《忆秦娥》

在词的历史上，这两首词可谓如雷贯耳，且归在唐代诗仙李白的名下，无论是水平立意还是境界都如此高不可及，奠定了其岿然不动的百代词曲之祖的地位。

李白像

“百代词曲之祖”之说，始于南宋时黄升编撰的《花庵词选》。其收录了这两首词并归于李白名下，并说：“二词为百代词曲之祖。”

《菩萨蛮之闺情》（选自宋词画谱）

此后，这两首词的作者为李白和其百代词曲之祖地位，一并得到较为广泛的认可，如：

徐士俊云：词林以此《菩萨蛮》为鼻祖，其古致遥情，自然压卷。（明卓人月《古今词统》卷五）

唐人作长短句，乃古乐府之滥觞也。李白首倡《忆秦娥》，凄惋流丽，颇臻其妙。（明顾起纶《花庵词选跋》）

词用“织”字最妙，始于太白词“平林漠漠烟如织”。（清李调元《雨村词话》卷一）

太白《菩萨蛮》、《忆秦娥》两阕，神在个中，音流弦外，可以足为词中鼻祖。（清陈廷焯《白雨斋词话》卷七）

太白《菩萨蛮》、《忆秦娥》两阕，足抵少陵《秋兴八首》。想其情境，殆作于明皇西幸后乎。（清刘熙载《艺概》）

之所以认定这两首词的作者是李白，跟最初收录这两首词的文献有关。一个是与王安石同时代的僧人文莹所著的《湘山野录》中首先介绍了《菩萨蛮》一词：“此词不知何人写在鼎州沧水驿楼，复不知何人所撰。魏道辅泰见而爱之。后至长沙，得《古风集》于曾子宣内翰家，乃知为太白所作。”僧人文莹记载，这首词是写在鼎州沧水驿楼上，不知何人所写，更不知何人所撰。后来他在内翰曾布家得到古本《古风集》，上面记载为李白所撰。曾布是唐宋八大家之一的曾巩的弟弟，而曾巩则是李白集子的整理编撰者。曾布家所藏古本记载此词是李白所写，可信度必定极高。此论一出，附者日众，都认为出于李白手笔。虽然所谓《古风集》是什么类型的书籍无从可考，但后世对此并无质疑者。

而《忆秦娥》一词，则最早见于北宋末年邵博的《邵氏闻见后录》一书：“李太白词也。予尝秋日饯客宝钗楼上，汉诸陵在晚照中。有歌此词者，一座凄然而罢。”这则记载相较而言说服力弱些，一语道明而无出处，不过却给人一种理所应当、众所周知之笃定之感。此后众多词评家也认为理所当然。

南宋时，黄升编撰《花庵词选》时将两词都收录，给出“百代词曲之祖”之后，到了元代，文学评论家、诗人萧士赟首先将这两首词

《忆秦娥之秋思》（选自《宋词画谱》）

收入李白集中，进一步坐实李白为这两首词的作者。到了明代，明代学者胡应麟首次提出对这两首词作者为李白的质疑，认为两词断非太白所作。他在《少室山房笔丛》中写道："今诗余名《望江南》外，《菩萨蛮》《忆秦娥》称最古，以《草堂》二词出太白也。近世文人学士或以为实。然余谓太白在当时直以风雅自任，即近体盛行七言律，鄙不肯为，宁屑事此。"胡应麟首先认为《菩萨蛮》《忆秦娥》两词因作为李白作品，选在南宋何士信编辑的词选《草堂诗余》里，才导

《琉璃堂人物图》周文矩（五代）

致后人认定作者是李白。其实两次认定为李白作品是早在北宋之时了，胡应麟显然没有看到僧人文莹所著的《湘山野录》和邵博的《邵氏闻见后录》。接着他给出了第一个反对理由：以追求风雅为己任的李白，连七言律的刻板都不屑为，又怎么肯进行当时还只是民间酝酿未成气候之长短句的词的创作呢？

他又给出了第二个理由：“且二词虽工丽，而气衰飒，于太白超然之致，不啻穹壤，藉令真出青莲，必不作如是语，详其意调，绝类温方城辈，盖晚唐人嫁名太白，若怀素草书，李赤姑熟耳。原二词嫁名太白有故，《草堂词》，宋末人编青莲诗，亦称《草堂集》，后世以二词出唐人，而无名氏，故伪题太白，以冠斯编也。”胡应麟认为该词虽工丽但过于萧飒，与李白的超然飘逸有着天壤之别，即使李白真来制词，也决不会写出这种风格的。所以他推测是晚唐词人所作，并推测托名李白的缘故：即《草堂词》和宋人所编李白诗集《草堂集》名字上的关联，使得作者将应为晚唐无名氏所做的词伪托在李白名下。

上面这两个理由还只是主观推测，第三个理由则因为有文献支撑而显得更具说服力："……《菩萨蛮》之名，当起于晚唐世。按《杜阳杂编》云：'大中初，女蛮国贡双龙犀、明霞锦，其国人危髻金冠，璎珞被体，谓之菩萨蛮。当时倡优遂制《菩萨蛮》曲，文士亦往往其词。'《南部新书》亦载此事。则太白之世，唐尚未有斯题，何得预制其曲耶？又《北梦琐言》云：'宣宗爱唱《菩萨蛮》词，令狐相国假温飞卿新撰密进之，戒之勿泄，而遽言于人，由是疏之。'按大中即宣宗年号，此词新播，故人君喜歌之。余屡疑近飞卿，至是释然，自信具只眼也。"从唐代苏鹗所撰《杜阳杂编》的记载来看，《菩萨蛮》之曲在晚唐唐宣宗年间(810——859)才出现，李白为开元、天宝时人，早于大中年间近百年，无从填制此词。宋代孙光宪《北梦琐言》则言之凿凿是温庭筠所作，并以肯定口吻说因为唐宣宗爱唱《菩萨蛮》词，令狐丞相遂将出自温庭筠之首的这首词，伪托为李白所作秘密奉献。胡应麟对此深为赞同。

不过胡应麟的质疑并没有得到多少词评家的赞同，如本节开头所引，还是赞同作者为李白者众，甚至出现了对胡应麟的反驳之论。如况周颐《蕙风词话》曰："崔令钦《教坊记》末，所载教坊曲名三百六十五中，已有此二调（即《望江南》《菩萨蛮》）。崔令钦见《唐书・宰相世系表》，乃隋恒农太守宣度之五世孙，是其人当在睿、玄二宗之世。其书纪事，讫于开元，亦足略推其时代。据此则《望江南》《菩萨蛮》皆开元教坊旧曲。蕙风词隐曰：胡元瑞斥太白《菩萨蛮》四词为伪作，姑勿与辩。试问此伪词孰作，孰敢作者？"况周颐先从胡应麟看似最为坚实的第三个理由反驳起。他也是引用可信文献，无论是崔令钦其人，抑或是其作《教坊记》都是有正史可查的。而《教坊记》的记载，则说《菩萨蛮》曲调在崔令钦此书成书的

《韩熙载夜宴图》【局部】顾闳中（五代）

开元年间已经存在，因此胡应麟的驳斥依据可以被推翻。最后况周颐还补充说，伪作与否先不必辩解，试问如果这是伪作，那么这样一首词是怎么创作出来的，谁又当得起作者之名呢？言下之意，对李白名下《菩萨蛮》一词极为推崇，认为除李白之外不会有第二人。

清代词评人吴衡照反对胡应麟的伪托之说，他在《莲子居词话》中说："太白认不类温方城：唐词菩萨蛮、忆秦娥二阕，花庵以后，咸以为出自太白。然太白集本不载。至杨齐贤、萧士贇注，始附益之。胡应麟笔丛疑其伪托，未为无见。谓详其意调，绝类温方城，殊不然。如'暝色入高楼。有人楼上愁'，'西风残照，汉家陵阙'等语，神理高绝，却非金荃手笔所能。"温庭筠曾为方城（今河南方城县）尉，世称"温方城"，而"金荃"是指其别集《金荃集》。吴衡照虽然不见得完全否认胡应麟的质疑，但他从这二阕词的"神理高绝"，断言决非温庭筠辈所能撰写。且《北梦琐言》载有温庭筠名下《菩萨蛮》五阕，其内容不脱闺怨香艳，仅供"宫嫔歌之"，与百代词曲之祖的《菩萨蛮》有着天壤之别，实在让人难以相信是出自同一人之手。

王国维也持赞同之论，《人间词话》写道："太白纯以气象胜，'西风残照，汉家陵阙'，遂关千古登临之口。后世唯范文正之《渔

家傲》、夏英公之《喜迁莺》，差足继武，然气象已不逮矣。”

明代文人王世贞虽不否认李白为该二词的作者，但却认为“词祖”另有其作。他在《艺苑卮言》中说：“昔人谓李太白《菩萨蛮》《忆秦娥》，杨用修又传其《清平乐》二首，以为词祖。不知隋炀帝已有《望江南》词。”从内容上来说，隋炀帝的《望江南》绝无可能望二词之项背，王世贞强调的是该词的出现时间，但显然”词祖“并不是这个意思，因此他的论说不值一哂。

这两首百代词曲之祖在文学史上的地位极高，并关系到中国词曲的起源与发展等一系列重大问题，因此其作者是否为李白至关重要。自宋代以来，词论者们时有论述，总的来说赞同者众，但质疑声亦不绝，只是都难有公论。近当代以来，学者们也就此爆发了一场旷日持久的学术论战，许多著名学者都参与其中。相对来说，主真派与主伪派是泾渭分明的两大派别，至今难分伯仲。

“东坡词似老杜诗”

在词这一文体产生之前，中国文学史上已有《诗经》、楚辞、汉赋、唐诗等成熟璀璨的文体。尤其唐诗，更是巍巍高峰、璀璨华章。词评人用唐代诗人或诗文，来评价、比拟词人与词作，更具直观生动的效果。

以屈原《离骚》为代表的楚辞，其幽深婉曲的比喻和瑰丽丰富为特色。宋代王灼《碧鸡漫志》评价说：“前辈云：‘《离骚》寂寞千年后，《戚氏》凄凉一曲终。’《戚氏》，柳所作也。柳何敢知世间有《离骚》，惟贺方回、周美成时时得之。”《戚氏·晚秋天》词之调是柳永的自创慢词，共分三片，字数长达212字。有人统计过，宋词中除南宋词人吴文英的《莺啼序》（240字），就数这首词最长。其词如下：

晚秋天，一霎微雨洒庭轩。槛菊萧疏，井梧零乱，惹残烟。凄然，望江关，飞云暗淡夕阳闲。当时宋玉悲感，向此临水与登山。远道迢递，行人凄楚，倦听陇水潺湲。正蝉吟败叶，蛩响衰草，相应喧喧。

孤馆度日如年，风露渐变，悄悄至更阑。长天净，绛河

《秋林觅句图》万邦治（明）

清浅，皓月婵娟。思绵绵，夜永对景，那堪屈指暗想从前。未名未禄，绮陌红楼，往往经岁迁延。

帝里风光好，当年少日，暮宴朝欢。况有狂朋怪侣，遇当歌对酒竞留连。别来迅景如梭，旧游似梦，烟水程何限？念利名、憔悴长萦绊，追往事、空惨愁颜。漏箭移，稍觉轻寒，渐呜咽、画角数声残。对闲窗畔，停灯向晓，抱影无眠。

这首词以描写晚秋时节的景象入手，营造了凄清悲愁的氛围。楚时宋玉《九辩》中有“悲哉秋之为气也，萧瑟兮草木摇落而变衰”，开启了文学史上的“悲秋”主题，并以“愁”为基调。《戚氏·晚秋天》的首片直接点出宋玉，主题鲜明。第二片是写词人的当下情境：客居驿馆，长夜凄凉；年已迈而功名仍无，难免回思往事。那曾经的年少轻狂、纵情欢愉，却是多么遥远短暂，唯有眼前凄清的景应着内心的悲愁而已。这首词写得悱恻回肠、愁怨交加，用词考究、音律行云流水，相当感人。王灼转引的前辈的这句评语不知出自何人之手，用《离骚》比之，应是因其凄怨感人。不过王灼并不赞同这个比拟，认为柳永当不起这样的评价，唯有贺铸、周邦彦能当此赞美。纵观《碧鸡漫志》，他对贺、周二人的确称赏有加：“贺、周语意精新，用心甚苦”，“贺方回初在钱塘作《青玉案》，鲁直喜之，赋绝句云：‘解道江南断肠句，只今惟有贺方回’。”贺铸的《青玉案》中有著名的句子：“试问闲愁都几许？一川烟草，满城风絮，梅子黄时雨。”他连用三种比喻刻画愁之深远，此所谓“断肠句”。不过，屈原《离骚》里并非只有愁绪，而是更深层次的幽绝沉郁。从王灼对贺铸和周邦彦的赞许来看，用《离骚》来比拟，的确还不如用柳永的《戚氏》比拟更恰当。

清人陈廷焯也曾用离骚来赞美温庭筠的词作，《白雨斋词话》

《秋兴八景图册》【局部】董其昌（明）

说："飞卿《菩萨蛮》十四章，全是变化楚骚，古今之极轨也。徒赏其芊丽，误矣。"温庭筠的《菩萨蛮》词最为著名："小山重叠金明灭，鬓云欲度香腮雪。懒起画娥眉，弄妆梳洗迟。 照花前后镜，花面交相映，新帖绣罗襦，双双金鹧鸪。"这首词从字面上看，描绘的是一位女性闺中生活场景：因怀人而心绪低落，天虽明却无心起床梳洗打扮。下阕①写她终于起来装扮完毕揽镜自照：人面若花，而簇新的罗衣上用金线绣成的却是成双恩爱的鹧鸪鸟，让人联想她内心因此一紧，才稍微放下的思念和心碎又瞬间弥漫开来，真所谓“才下眉头却上心头”。这首词用语精奇、细节特出，语虽淡情极深，如果用寄托来解释，也可以是词人暗喻自己没落文人身世之感的哀怨，跟《离骚》里众多的譬喻寄托相迎合。这应该是陈廷焯称其变化楚辞《离骚》的理由。

唐诗在文学之林里蔚为奇观、绚烂无比，而词的源头则为“诗余②”。两者相继而现，因此将词作用唐代诗人或诗作作比，则更为普遍，也更生动。宋人张端义的《贵耳集》有段论述：“项平斋自号江陵病叟，余侍先君往荆南，所训‘学诗当学杜诗，学词当学柳词’。扣其所以，云：‘杜诗柳词皆无表德，只是实说。’”张端义记录了宋代文人项世安的观点。项世安认为杜甫的诗和柳永的词分别是学诗学词之人的楷模，原因则是杜诗和柳词都具有

《绣栊晓镜图》王诜（宋）

直抒胸臆的特点。对于“皆无表德，只是实说”之表述的看法，后世学者多有不同看法，而用直抒胸臆来概括杜诗和柳词的特点，也显得过于笼统武断。从中可以看出项世安对柳永的词还是持赞赏态度的，但以杜甫“诗圣”的地位来比拟柳永，后世并没有认同者。被后世词论家比作“词中老杜”的也各有其人，同时也往往连带着用诗仙李白来比拟词人。

杜甫像

如清代刘熙载《艺概》说：“东坡词颇似老杜诗，以其无意不可入，无事不可言也。若其豪放之致，则时与太白为近。”这个评价是颇为中肯的，东坡以诗为词，无意无事不可入词，与杜甫诗歌题材的广泛性是相似的。而其豪放高远之风，也颇有李白诗歌的气韵。此外，刘熙载还多次用杜甫、李白比拟词人。如其《词概》一书说：“词品喻诸诗，东坡、稼轩，李、杜也。”这里是将苏轼比作李白，将辛弃疾比作杜甫，关注的是苏词的豪放开阔和辛词的沉郁顿挫。

不过，清代词论家更多公认姜夔是“词中老杜”。与林则徐督查鸦片的著名官吏邓廷桢诗文兼擅，他所著《双砚斋词话》说：“词家之有白石，犹书家之有逸少，诗家之有浣花。盖缘识趣既高，兴象自别。” 白石是姜夔的号，逸少是王羲之的字，浣花则是杜甫的指代（因杜甫草堂位于成都浣花溪），意即认为姜夔词在整个词史上的成就和地位，可与王羲之于书法史、杜甫于诗史的地位相当。清代文学家、常州派著名学者宋翔凤也屡次表达同样的看法，如在其《论词绝句》中曰：“诗从杜曲波愈阔，词到鄱阳音大希（按：姜夔是鄱阳人，

云山图

故代指）。”又在《乐府余论》中曰：“词家之有姜石帚（按：姜石帚与姜白石非一人，此处所论当指姜白石），犹诗家之有杜少陵，继往开来，文中关键。其流落江湖，不忘君国，皆借托比兴，于长短句寄之。”宋翔凤的第一个评价，是将杜甫对诗境的极大拓展与姜夔对词境的超拔提升相提并论，第二个评价则是从整体上推崇姜夔词承前启后、继往开来的词史地位，而与杜甫最相似之处，则是姜夔词里的比兴寄托和忠君忧国之思。

清代文人戈载说：“白石之词清气盘空，如野云孤飞，去留无迹，其高远峭拔之致，前无古人，后无来者，真词中之圣也。盖白石深明律吕之学。”他赞赏姜夔词气韵高拔，空前绝后，虽然没有直接点出杜甫，但“词圣”之谓，也是对应杜甫的“诗圣”地位。将姜夔比作词中老杜的还有以下评论：

（姜夔）合是诗中杜少陵，词场牛耳让先登。（清况周颐《餐樱庑词话》引朱依真《论词绝句》）

周清真，诗家之李东川也。姜尧章，杜少陵也。（清张祥龄《词论》）

词有白石，犹史有马迁，诗有杜陵，书有羲之，画有陆探微也。（陈廷焯《云韶集》）

白石词清虚骚雅，前无古人，后无来者，真词中之圣也。（陈廷焯《词则·大雅集》）

也有将辛弃疾比作李白的。如南宋黄升的《中兴词话》评价辛弃疾词曰："盖其天才既高，如李白之圣于诗，无适而不宜，故能如此"。除了与李白、杜甫这样的大诗人相比拟，也有将词人比作其他唐代诗人的，如张祥龄的《词论》就将周邦彦比作唐代边塞诗人李颀（东川人）；而刘熙载的《词概》除了将苏轼比作李白、辛弃疾比作杜甫之外，还说："耆卿，香山也。梦窗，义山也。白石、玉田，大历十子也。其有似韦苏州者，张子野当之。"意即柳永可比作白居易，吴文英可比作李商隐，姜夔、张炎则于大历十才子相当，而张先则可以比作韦应物。

王国维在《清真先生遗事》中也有一段集中将词人与唐代诸位诗人相比的论述："故以宋词比唐诗，则东坡似太白，欧、秦似摩诘，耆卿似乐天，方回、叔原则大历十子之流。南宋唯一稼轩可比昌黎，而词中老杜，则非先生不可。昔人以耆卿比少陵，未为犹当也。噫，词家之有清真先生，亦犹今文之有徐庾，古文之有韩柳，而诗家之有少陵也。"王国维也认为苏轼堪比李白，而词中老杜则非周邦彦莫属。另外还扩展到将欧阳修、秦观比作王维，柳永比作白居易，贺铸、晏几道比作大历十才子，而辛弃疾则可以比作韩愈。

将词人与诗人相比之余，也有将词作与诗作相比的，如清代学者吴衡照《莲子居词话》说："汉人之诗，浑浑穆穆。魏人之诗，浩浩落落。汉诗高在体，魏诗高在气。太白词气体俱高，词中之汉魏也。"吴衡照首先点出汉代诗歌体高雄浑、魏时诗歌气韵浩荡的特点，然后说李白的词兼具两长，因此可当得起"词中汉魏"的评价。明代杨慎的《词品》则记载了苏轼对柳永的评价："人皆言柳耆卿词俗，如'霜

《秋山游览图》【局部】文伯仁（明）

风凄紧，关河冷落，残照当楼'，唐人佳处不过如此。"苏轼虽没点明柳永这个词作与唐代谁人作品相似，但"唐人佳处"，即是颇高评价。明代刘体仁《七颂堂词绎》则称其为"敕勒之歌"，将其与汉乐府相比。

刘熙载《艺概》将苏轼比作李白，也说过"东坡词颇似老杜诗"，而在评价具体词作的时候则说："太白《菩萨蛮》《忆秦娥》两阕，足抵少陵《秋兴八首》，想其情境，殆作于明皇西幸后乎。"则是以杜甫代表诗作与李白词作作比。杜甫的《秋兴八首》是唐诗中具备典范意义的诗作，历来极受赞赏，归于李白名下的《菩萨蛮》《忆秦娥》这两阕百代词曲之祖，具有同样高妙的艺术境界和典范意义。

【注】

①阕：一首词称为"一阕"。分为上下段的词，上段称为"上阕"，下段称为"下阕"。

②诗余：因词是由诗发展而来的，缘其意，被认为是诗降为词，或认为词是从诗的绝句中变化而来，故称"诗余"。"诗余"一词约起于南宋。

厚此薄彼各不同

词论者们在推崇所赞赏的词人词作时，也会顺带进行比较，以进一步说明自己的偏好，表现出颇为明显的厚此薄彼。最明显的例子就是对苏轼和柳永的评价。在北宋，词论者虽然已对柳永词提出“俗”“韵不高”等不满，但其“谐音律”和“韵高”也曾深得李清照、苏轼等大词人的赞誉，且还没有表现出明显的扬苏贬柳。南宋之后，伴随着对苏轼词的广泛褒扬，柳永词则受到集中贬抑，代表性的论说有：

（柳）词虽极工致，然多杂以鄙语，故流俗人尤喜道之。其后欧、苏诸公继出，文格一变，至为歌词，体制高雅。（南宋徐度《却扫编》）

词曲者……唐人为之最工者，柳耆卿后出，掩众制而尽其妙，好之者纾为不可复加。及眉山苏氏，一洗绮罗香泽之态，摆脱绸缪宛转之度，使人登高望远，举首高歌，而逸怀浩气，超然乎尘垢之外，于是《花间》为皂隶，而柳氏为舆台矣！（宋胡寅《向子湮酒边词序》）

凡为诗文，贵有节制，即词曲亦然。正调至秦少游、李

易安为极致，若柳耆卿则靡矣。变调至东坡为极致。（清王士祯《分甘余话》）

徐度强调的是，柳词之俗由于以苏轼为代表的词人所变而为雅；胡寅没有否认柳词的妙处和曾经得到的认可，不过却将此作为伏笔，引出苏词的高妙。他所讲的“一洗绮罗香泽之态，摆脱绸缪婉转之度”，是对柳词的婉转否定；而苏词的卓绝超然，不但使《花间词》黯然失色，更将柳词贬为更为低贱之境。清人王士祯虽然也突出苏词重建了词之极致，但对柳永的“靡”显得更不以为然。对柳永贬抑得最为严厉的是北宋学者王灼，他在《碧鸡漫志》中先后写道：

东坡先生以文章余事作诗，溢而作词曲，高处出神入天，平处尚临镜笑春，不顾侪辈。或曰：长短句中诗也。为此论者，乃是遭柳永野狐涎之毒。诗与乐府同出，岂当分异？若从柳氏家法，正自不分异耳。……东坡先生非心醉于音律者，偶尔作歌，指出向上一路，新天下耳目，弄笔者始知自振。今少年谓东坡移诗长短句，十有八九，不学柳耆卿，则学曹元宠，妄可笑，亦毋用笑也。

……

柳耆卿《乐章集》，世多爱赏该洽，序事闲暇，有首有尾，亦间出佳语，又能择声律谐美者用之。惟是浅近卑俗，自成一体，不知书者尤好之。予尝比都下富儿，虽脱村野，而声态可憎。前辈云：‘《离骚》寂寞千年后，《戚氏》凄凉一曲终。’《戚氏》，柳所作也。柳何敢－知世间有《离骚》，惟贺方回、周美成得之。“

——王灼《碧鸡漫志》

《柳汀放棹图》佚名（宋）

王灼因为北宋文人陈师道对苏轼“以诗为词”的批评深为不满，认为这样的评价正是出于对柳词的认可而来。因此他在赞赏苏词的同时，对柳词的浅近卑俗以“野狐涎”谓之。所谓“野狐涎”，据宋代曾敏行《独醒杂志》记载，将肉盛在小口坛子里放在野外，狐狸闻味而至欲吃，奈何嘴进不去，而馋涎则滴在肉上。将此肉晒干后碾成碎末，令所食之人使产生幻觉，听人摆布。后“野狐涎”用以指代迷惑人的话语。王灼的这个比喻可谓近乎厌恶了，加上再用暴发户的丑陋嘴脸加以形容，丝毫不留情面。这样极致的斥责，在词话里并不多见。

历代词话对苏轼的誉美之评不胜枚举，对柳词的贬抑也颇可观。当然，反过来贬苏扬柳的词论也颇有一些，对苏轼的否认之评，以陈

《苏轼回翰林院图》【局部】张路（明）

师道《后山词话》最为著名："退之以文为诗，子瞻以诗为词，如教坊雷大使之舞，虽极天下之工，要非本色。《世语》言：苏子瞻词如诗，秦少游诗如词。"这段将苏词特点概括为"以诗为词"的议论流传深远，但其否定态度却屡屡被反驳。如胡仔《苕溪渔隐丛话》先引用了陈师道的这段话，然后依次举了苏词十余首，认为其佳处可一唱三叹，不能说是以诗为词，虽因苏轼不擅曲而偶有不合音律之处，但总还是可歌的。

而对柳词的称赏，则出现在明清时期，如：

"今宵酒醒何处，杨柳岸晓风残月"与秦少游"酒醒处，残阳乱鸦"同一景事，而柳尤胜。（明王士贞《艺苑卮言》）

柳屯田"今宵酒醒何处，杨柳岸晓风残月"，自是古今俊句；或讥为梢公登溷诗，此轻薄儿语，不足听也。（清贺裳《皱水轩词筌》）

柳词曲折委婉，而中具浑沦之气，虽多俚语，而高处足冠群流。（清宋翔凤《乐府余论》）

屯田北宋专家，其高浑处不减清真。长调尤能以沉雄之魄，清劲之气，写奇丽之情，做挥绰之声。（清末民初郑文焯《大鹤山人词话》）

可以说，历代词话对苏词的评价以赞誉为主，偶有批评之声；而对柳词则截然相反。但随着词论者视野和心胸渐渐开阔，苏柳二人之词也得到了越来越公正的评价。王士祯《花草蒙拾》总结得很好："'技上柳绵'，恐屯田缘情绮靡，未必能过。熟谓坡但解作'大江东去'耶！髯直是软伦绝群。名家当行，固有二派。苏公自云：吾醉后作草书，觉酒气拂拂，从十指间出。黄鲁直亦云：东坡书挟海上风涛之气。读坡词当作如是观。琐琐与柳七较锱铢，无乃为髯公所笑。"王士祯认为，苏轼也能写"缘情绮靡"的词作，且不让柳永。但苏轼为人称道的是所谓豪放之词，欣赏他的词就应该欣赏其高滔之气，不必斤斤计较于与柳永的区别和划清界限，徒增笑柄。的确，苏轼是比较在意自己的词与柳永词的区别，除了自谓区别柳永的"自成一家"，批评秦观学柳永词之外，最著名的则是宋代俞文豹《吹剑续录》所记载的一则趣闻："东坡在玉堂，有幕士善讴，因问：我词比柳词如何？对曰：柳郎中词只好十七八女孩儿，执红牙拍板，唱'杨柳岸，晓风残月'；学士词须关西大汉，执铁板唱'大江东去'。公为之绝倒。"这里褒苏贬柳之意是显而易见的，苏轼的"绝倒"也难免是自得之意，其实也暗含着柳词当时受市井欢迎程度无法被士大夫忽视的现实。王士祯指出苏轼不必心心念念与柳永相较，对当时的苏轼也是一个较为拔高的要求了。

被用来与苏轼进行比较颇多的还有辛弃疾，因为词论多以苏、辛并称，但在很多词论家眼里两人颇有高下之分。这些比较大多是清代词论家作出的，相较而言，辛词获得的赞誉并不逊色。不过，先来看看"辛不如苏"的代表性观点：

苏、辛并称，辛之于苏，亦犹诗中山谷之视东坡也。东坡之大，与白石之高，殆不可以学而至。（清吴衡照《莲子

居词话》）

北宋人词唯苏文忠之清雄，“敻乎轶尘绝迹，令人无从步趋。盖霄壤相悬，宁止才华而已？其性情，其学问，其襟抱，举非恒流所能梦见。词家苏、辛并称，其实辛犹人境也，苏其殆仙乎！（晚清王鹏运《半塘遗稿》）

吴衡照用黄庭坚的诗与苏轼相较，来比拟辛词与苏词的比较。苏轼的诗在诗论者眼里自是比黄庭坚高出一筹，吴衡照盛赞苏轼的词境之大与姜夔的词境之高，都是无法经由学习而达到的。王鹏运也赞同苏词的清雄是无法学而达到的，进而用“人境”与“仙境”比拟辛、苏二人，高下立判。

而“苏不如辛”的观点则以清代周济为代表：

世以苏、辛并称，苏之自在处，辛偶能到。辛之当行处，苏必不能到。二公之词，不可同日语也。

——《介存斋论词杂著》

苏、辛并称，东坡天趣独到处，殆成绝诣，而苦不经意，完壁甚少；稼轩则沉著痛快，有辙可循。南宋诸公，无不传其衣钵，固未可同年而语也。

——《宋四家词选目录序论》

周济认为，苏词的境界是辛弃疾偶尔可以达到的，但是辛词的妙处却是苏轼绝对达不到的，二人无法相提并论。同时又说，苏轼词得天然之趣极工，只是着意不够就多瑕疵；而辛词痛快之境是潜心营造，有迹可循，以至后来南宋多学其写法，因此还是不可同日而语。其实周济的这个评价，用前面吴衡照和王鹏运的评价就可以

《西园雅集图》华嵒（清）

驳倒：正因苏词之高妙仙境，无法学而达到。相对来说，以下两则力挺辛词更胜一筹的看法则更有说服力些：

词家两派，秦柳、苏辛而已。秦、柳婉媚，而苏、辛以宕激慷慨变之，近于诗矣。诗以风骨为主，苏分其诗才之余者也，辛则并其诗之才之力而专治其余。（清谢章铤：《词话纪余》引周大框 ）

苏、辛千古并称。然东坡豪宕则有之，但多不合拍处。稼轩则于纵横驰骋中，而部伍极其整严，尤出东坡之上。 苏东坡词极名士之雅，稼轩词极英雄之气。千古并称，而稼轩更胜。（清陈廷焯《云韶集》）

周大框不知何许人，谢章铤词话里引用其语显然是赞同其说法的。其先将秦观、柳永归为婉媚一派，苏轼、辛弃疾归为“以诗为词”的激昂一派，并借用诗的特点来评价二人之词。他认为苏轼诗才更高，但只用了少部分在写词上，而辛弃疾则将专诗之才和力都倾注在写词上，言下之意，辛词应该更好。陈廷焯则直接点出苏词高滔豪放中往往失之约束、不合词律的缺点，相较之下辛词在激昂奔放中能够严格遵守词律，其极致的英雄之气，比起苏轼极致的名士之雅，更胜一筹。

在对词人进行非常直接的比较时，厚此薄彼是难免的，只看是否能跳出纯粹的主观看法，能够言之有理、自圆其说，不至偏颇，方能获得后世读者颔首称是。

弱水三千，但取一瓢

佳作似浑然天成

李清照《词论》里提到："又有张子野、宋子京兄弟，沈唐、元绛、晁次膺辈继出，虽时时有妙语，而破碎何足名家！"她强调一阕词的浑然天成，否则其中再有怎样的绝妙佳句，也是破碎的，非名家风范。

张子野即北宋词人张先，以善用"影"字"而著称，其中"云破月来花弄影"一句，更是千年而下广首称赏的名句。这首《天仙子》如下：

《天仙子》

时为嘉禾小倅，以病眠，不赴府会。

水调数声持酒听，午醉醒来愁未醒。送春春去几时回？临晚镜，伤流景，往事后期空记省。沙上并禽池上暝，云破月来花弄影。重重帘幕密遮灯，风不定，人初静，明月落红应满径。

这首词上阕写春愁，为词人的内心活动的静态呈现。借酒浇愁而愁不散，作者慨叹春景与青春的美好回忆一去不回；揽镜自照，回思

《李清照像》崔鏏（清）

往事不堪回首。下阕写晚间动态景象：水中鸳鸯相依偎，月亮破云而出照得花影婆娑，夜深人静时候风依然在吹，可以想见月光下的小路上落花知多少。整阕词从午后写到晚间，从内心静态写到外物动态，情与景交融合一。只是其中“云破月来花弄影”一句太过出彩，相较而言，整阕词反倒无法给人整体皆佳的印象，故后世词论者对张先此词的赞赏也多因此句。

相较之下，同样是写愁绪，南唐后主李煜的《相见欢》就显得更为浑然天成：“无言独上西楼，月如钩。寂寞梧桐深院、锁清秋。剪不断，理还乱，是离愁，别是一番滋味、在心头。”李煜的愁是亡国之君的深切之痛，比起张先的怀人感叹之春愁要凄婉得多，往日不堪回首的悲痛也深重得多。在李煜这首词中，表达心情的词只有淡淡的“离愁”两字，而张先的词中则有“愁未醒”“伤”等词，明显着力更甚。李煜的词用明白如话的词语，描述自己登楼望月所见清秋景

湖中戏水的鸳鸯

致：如勾之残月、深院之寂寞梧桐，而后描述心中离愁如丝如缕绵绵不绝，结语“别是一番滋味、在心头”则语淡意厚，如琴音绝而意不尽。通篇读来流畅婉转淡然，却又表达了哀伤深挚的情感，字字无血无泪，而宛如血泪凝铸而成。正如王国维的评价：“后主之词，真所谓以血书者也”。对此词的评价还有：

哀感顽艳，只说不出。（清陈延焯《词则·大雅集》）

凄凉况味，欲言难言，滴滴是泪。（清陈延焯《云韶集》）

“词之妙处，亦别是一般滋味。”（清王闿运《湘绮楼词选》前编）

这种艺术效果，就是一阕词浑然天成的妙处。明代沈际飞《草堂诗余续集》评价词说：“七情所至，浅尝者说破，深尝者说不破。

破之浅，不破之深。‘别是一般滋味在心头’句妙。”文中单独点出最后一句之妙，但若没有前面的铺垫十足，这一句也就没有了依托。而对情的“说破之浅”、“不说破之深”，则是非常贴切的解读和认知。

李煜词在短短数句内用不点破的淡然之词铺垫了极其深厚的情感，已属难得。当然也有将情说破而获得同样效果的，如范仲淹的《苏幕遮》：

李煜像

碧云天，黄叶地，秋色连波，波上寒烟翠。山映斜阳天接水，芳草无情，更在斜阳外。黯乡魂，追旅思，夜夜除非，好梦留人睡。明月楼高休独倚，酒入愁肠，化作相思泪。

范仲淹，字希文，为北宋著名的思想家、政治家、军事家、文学家。作为一代名臣，范仲淹以“先天下之忧而忧后天下之乐而乐”的阔大胸怀为人所知，而他的抒怀之词同样写得情真意切、感人肺腑，深得词之雅致。正如《左庵词话》记载清光绪年间文人继昌的评论：“希文宋一代名臣，词笔婉丽乃尔，比之宋广平赋梅花，才人何所不可，不似世之头巾气重，无与风雅也。”范仲淹的词的确是毫无八股之气，唯见情致深婉。这阕词上片写景、下片抒情，虽然截然分别，但景为情语，情与景融，触景生情的感触水到渠成。词评家们称赏如下：

范希文《苏幕遮》一调，前段多入丽语，后段纯写柔情，遂成绝唱。(清邹祗谟《远志斋词衷》

范文正公《苏幕遮》“碧云天”云云，公之正气塞天地，而情语入妙至此。（清沈辰垣《钦定历代诗余》）

铁石心肠人亦作此消魂语。（清许昂霄《词综偶评》）

三人都强调范仲淹以浩然正气和铮铮硬汉之心，能写出如此销魂情语，确是绝唱。

还有一些词语，通篇在“说”与“不说”之间，表达出来的情感也在浓淡之间，但同样令人回味，如宋代词人王观的《卜算子》和蒋捷的《一剪梅》：

《卜算子·送鲍浩然之浙东》

水是眼波横，山是眉峰聚。欲问行人去那边，眉眼盈盈处。

才始送春归，又送君归去。若到江南赶上春，千万和春住。

《一剪梅·舟过吴江》

一片春愁待酒浇。江上舟摇，楼上帘招。秋娘渡与泰娘桥，风又飘飘，雨又萧萧。

何日归家洗客袍？银字笙调，心字香烧。流光容易把人抛，红了樱桃，绿了芭蕉。

两阕都借用口语般直白的话语和音律节奏的轻快，产生了朗朗上口的效果，而愁绪则若有若无、似断还续，令人回味。王观的词作以江南女子呢哝软语般的话语，表达出一种送别愁绪，清浅而有味。上片以水喻眼波，以山指眉峰，用眉眼盈盈指代江南山水，设喻巧妙，又语带双关，写得妙趣横生，是久为人称道的名句。整阕词情思婉转清丽，意境动人。

《西湖烟雨图》李流芳（明）

清代李佳的《左庵词话》评价说：“蒋竹山《一剪梅》词，……久脍炙人口。”《一剪梅》以清新自然的语言如“风又飘飘，雨又萧萧”“红了樱桃，绿了芭蕉”等句，冲淡了伤逝怀归的悲凉气氛。所以清代词人周济称其“思力沈透处，可以起懦”（《宋四家词选》）。而且此词音节明快，节奏流走，朗朗上口，“樱桃”“芭蕉”的设色极其鲜明清丽，蒋捷（人称“竹山先生”）因为此词得到“樱桃进士”的美称。

王观与蒋捷的词用轻快来表达怀人愁绪别有意境，而苏轼的《水调歌头》则将这种情绪提升至朗阔之境。正如陆游《跋东坡七夕词后》云：“昔人作七夕诗，率不免有珠栊绮疏惜别之意。惟东坡此篇，居然是星汉上语，歌之曲终，觉天风海雨逼人。学诗者当以是求之。”

水调歌头

丙辰中秋，欢饮达旦，大醉，作此篇，兼怀子由。

明月几时有？把酒问青天，不知天上宫阙，今夕是何年。我欲乘风归去，惟恐琼楼玉宇，高处不胜寒。起舞弄清影，何似在人间。　转朱阁，低绮户，照无眠。不应有恨何事长向别时圆？人有悲欢离合，月有阴晴圆缺，此事古难全。但

《夜月看潮图》李嵩（南宋）

愿人长久，千里共婵娟。

这首词以问句起始，颇有李白把酒邀月的奇丽旷达，顺势将人的思绪和想象引到广袤天宫的清丽雄阔。下阕回到现实，月光下清寒世界令人产生际遇之伤、思人之愁。然而词人用月之阴晴圆缺，比拟人之悲欢离合来开解自己，并许以思念的人美好祝愿。这阕词以大开大合的瑰丽想象为背景，结合对人事超拔旷达的了然，表达出词人超越一己之喜乐哀愁的豁达胸襟，最能体现出苏词清雄旷达的风格。历代词论者对此词也赞不绝口：

中秋词，自东坡《水调歌头》一出，余词尽废。（北宋胡仔《苕溪渔隐丛话·后集》）

词以意趣为主，要不蹈袭前人语意。如东坡《水调歌头》云：“明月几时有……”……此数词皆清空中有意趣，无笔力未易到。（南宋张炎《词源》）

按通首只是咏月耳。前阕是见月思君，言天上宫阙，高不胜寒，但仿佛神魂归去，几不知身在人间乎？复又自解，人有离合，月有圆缺，皆是常事。惟望长久，共婵娟耳。缠绵惋恻之思，愈转愈曲，愈转愈深。忠爱之思，令人玩味不尽。（清黄苏《蓼园词评》）

“人有”三句，大开大合之笔，他人所不能。（清王闿运《湘绮楼词选》）

胡仔以该词为“中秋词之冠”是单纯的赞誉，张炎则强调其“清空中有意趣”是对笔力很有要求的。黄苏对整首词做了一一解读，梳理了该词情绪的脉络，“愈转愈曲，愈转愈深”解读得十分透彻。不过他认为，该词令人玩味不尽的是其忠爱之思。传说该词传至宫中，宋神宗读到“惟恐琼楼玉宇，高处不胜寒”之句深受感动，说出“苏轼终是爱君”之语。但其实若据此为实，该词的格调未免太小了些。后世词论多以更为博大的意境看之，正如王闿运对“人有”三句大开大合之笔的评价，正因他人所不能，才更显出该词的朗阔高滔之境。

名句可遇不可求

浑然天成的妙绝佳作需要极高的天分，甚至需要一点运气，殊为难得。而有些词作往往因其中某句或某些令人惊艳的句子而被词论者屡屡提及，如上节所说张先的名句“云破月来花弄影”。甚至有时一个名句能连带整首词都流芳千古，如晏殊《 浣溪沙》里“无可奈何花落去，似曾相识燕归来”两句。清代张宗橚的《词林纪事》评价这两句为“情致缠绵，音调谐婉，的是依声家语”，晚明卓人月在《词统》中论及此联时则说“实处易工，虚处难工，对法之妙无两”。两个评价分别从音律和对字两个角度指出其妙。全词“一曲新词酒一杯，去年天气旧亭台。夕阳西下几时回？无可奈何花落去，似曾相识燕归来。小园香径独徘徊。”其实每一句也都浅白如话、朗朗上口，但这一联着实是可遇不可求的名句。清代胡薇元《岁寒居词话》评价说：“晏元献殊《珠玉词》。集中《浣溪沙春》春恨：‘无可奈何花落去，似曾相识燕归来’，本公七言律中腹联，一入词即成妙句，在诗中即不为工。”胡薇元强调的是，词对类似句子的包容性比诗要大得多，因此也体现了词的闲雅妙处。

词里说”愁“最为常见，喻愁最妙者则当属北宋词人贺铸《青玉案》中“试问闲愁都几许，一川烟草，满城风絮，梅子黄时雨”为

绍兴西园小径

冠。连用三个极妙的比喻，将愁绪比拟得再无来者。宋代罗大经《鹤林玉露》评贺铸说愁名句曰：

诗家有以山喻愁者，杜少陵云“忧端如山来，澒洞不可掇”，赵嘏云“夕阳楼上云重叠，未抵闲愁一倍多”是也。有以水喻愁者，李颀云“请量东海水，看取浅深愁”，李后主云“问君能有几多愁？恰似一江春水向东流”，秦少游云“落红万点愁如海”是也。贺方回云“试问闲愁都几许？一川烟草，满城风絮，梅子黄时雨。”“盖以三者比愁之多也，尤为新奇，兼兴中有比，意味更长。”

罗大经先是罗列古人诗词说愁名句，这些句子的确各有所长，如李煜的“一江春水向东流”和秦观的“落红万点愁如海”，也是历来广受称许的喻愁之句。而贺铸（字方回）的三者连比，每种比喻都贴切而别有意趣，还一层层转深转浓，不得不令人称奇，故“贺梅子”

《四景山水图之秋》刘松年（宋）

的美称随之而来。

用古人名句来比拟词中佳句，在王国维的《人间词话》里也有数例，如：

少游词境，最为凄惋，至“可堪孤馆闭春寒，杜鹃声里斜阳暮”，则变为凄厉矣。“风雨如晦，鸡鸣不已”，“山峻高以蔽日兮，下幽晦以多雨。霰雪分其无垠兮，云霏霏其承宇。”“树树皆秋色，山山唯落晖”，气象皆相似。

“风雨如晦，鸡鸣不已”出自《诗经·郑风·风雨》；“山峻高以蔽日兮，下幽晦以多雨。霰雪分其无垠兮，云霏霏其承宇。”出自屈原《涉江》；“树树皆秋色，山山唯落晖”是初唐诗人王绩的《野望》一诗。王国维以如此多的诗词名句来评秦观的词，以突出秦观“可堪孤馆闭春寒，杜鹃声里斜阳暮”这两句的凄惋之意和回肠荡气之致。这两句词出自秦观的《踏莎行》：

雾失楼台，月迷津渡，桃源望断无寻处。可堪孤馆闭春寒，杜鹃声里斜阳暮。

驿寄梅花，鱼传尺素，砌成此恨无重数。郴江幸自绕郴山，为谁流下潇湘去？

秦观这阕词是其因苏轼造贬而被殃及，削职南迁至今日湖南郴州而写。词里的国事、师友与自身之忧相叠加。在这样一个凄冷的春日黄昏，听着杜鹃如泣血的啼叫，身处幽僻之处的词人再也按捺不住满腔愁苦。除上阕结语被王国维评价为“凄厉”之外，整阕结句“郴江幸自绕郴山，为谁流下潇湘去？”也多为人称道：

“郴江幸自绕郴山，为谁流下潇湘去？”千古绝唱。秦殁后坡公常书此于扇云：“少游已矣，虽万人何赎！”高山流水之悲，千载而下，令人腹痛。（清王士祯《花草蒙拾》）

少游坐党籍，安置郴州。首一阕是写在郴，望想玉堂天上，如桃源不可寻，而自己意绪无聊也。次阕言书难达意，自己同郴水之自绕郴山，不能下潇湘以向北流也。语意凄切，亦自蕴藉，玩味不尽。“雾失”、“月迷”，总是被谗写照。（清黄苏《蓼园词选》）

“郴江幸自绕郴山，为谁流下潇湘去？”这两句结语的字面意思是，郴水本该绕着郴山而流，为何要往潇湘而去呢？对郴水的质问可谓“无理有情，无理而妙”，蕴含着词人内心诸多悲愤和凄切。王士祯将此二句称为“千古绝唱”，并记载秦观死后，苏轼将这首

《山居图》燕肃（北宋）

词书于扇上。苏轼时时回味和痛失知音的心痛，千年之后读来仍令人动容。而黄苏则通过通篇解读这首词，突出此二句，认为其含蓄不尽之意值得玩味。

类似这样无理而妙的句子，清贺裳《邹水轩词话》曾经总结过：“诗又有以无理而妙者，如唐李益诗曰：‘嫁得瞿塘贾，朝朝误妾期。早知潮有信，嫁与弄潮儿。’此可以理求乎？然自是妙语。子野《一丛花》末句云：‘沉恨细思，不如桃杏，犹解嫁东风。’此皆无理而妙。”可以看出，“无理”之句是为了表达一种强烈又必须含蓄的情感，贺裳所举唐诗诗句和张先词句，于此理可谓贴切。

不少词作名句也多出现在整阕结语，如姜夔的代表作《扬州慢》，其结句“二十四桥仍在，波心荡，冷月无声。念桥边红药，年年知为谁生。”可谓传唱千古。姜夔这首词是一阕对战争的残酷无情所表达的深切悲痛和叹惋：

《扬州慢》

淳熙丙申至日，予过维扬。夜雪初霁，荠麦弥望。入其城，则四顾萧条，寒水自碧，暮色渐起，戍角悲吟。予怀怆然，感慨今昔，因自度此曲。千岩老人以为有“黍离”之悲也。

淮左名都，竹西佳处，解鞍少驻初程。过春风十里。尽荠麦青青。自胡马窥江去后，废池乔木，犹厌言兵。渐

《杜牧之诗酒扬州梦》

黄昏，清角吹寒。都在空城。

杜郎俊赏，算而今、重到须惊。纵豆蔻词工，青楼梦好，难赋深情。二十四桥仍在，波心荡、冷月无声。念桥边红药，年年知为谁生。

作者在小序交代了写词的背景：一个春日雪后的傍晚，作者经过扬州。田野里仍有荞麦青青，但城里的一切在暮色里显得无比萧条，悲鸣的号角声勾起作者的满腔怆然：这座都城昔日的繁华与今夕的萧条使人感慨万千，于是提笔写下此词。上阕基本是平铺直叙，以眼睛所见铺叙一片悲凉的战后之景。下句展开联想，若让写下“十年一觉扬州梦，赢得青楼薄幸名”的杜牧回来此地，该会是多么震惊眼前的一切。即便杜牧仍有能写出“娉娉袅袅十三余，豆蔻梢头二月初”和“青楼”二句的才力，恐也难以写出眼前深切的感触。随后笔头一转，又回到了眼前之景，词人在著名的二十四桥边徘徊。杜牧还曾写过“二十四桥明月夜，玉人何处教吹箫？”两句，相传古有二十四个美人在此吹箫，且桥边芍药花最是开得绚烂。而此刻呢，桥仍在，只是赏芍药的人都不见了，唯见“波心荡，冷月无声”，物是人非之境尤为深切。“念桥边红药，年年知为谁生”，更是写尽了扬州城的凄冷和人们饱受战争摧残之苦。

历代词作里出现在起始句的名句也很很多的，最著名的当属李清照《声声慢》里的“寻寻觅觅，冷冷清清、凄凄惨惨戚戚”了。这首写于南渡以后哀叹家国之痛的词作，通过着意秋意渲染愁情，一字一泪，如泣如诉，感人至深。此词不但出人意表、发前人所未发，更出自妇人之手，因此历代词论者评论极多，先看宋代词论者的看法：

起头连叠七字，以妇人乃能创意出奇如此。（宋罗大经《鹤林玉露》）

此乃公孙大娘舞剑手，本朝非无能词之士，未曾有一下十四叠字者，用《文选》诸赋格。后叠又云“梧桐更兼细雨，到黄昏点点滴滴”，又使叠字，俱无斧凿痕。更有一奇字云：“守着窗儿，独自怎生得黑？”“黑”字不许第二人押。妇人有此文笔，殆间气也。（宋张端义《贵耳集》）

罗大经将起头七字连叠视为创意出奇，因其出自妇人之手而更不可思议。张端义的议论里也强调了这一点，同时赞赏开头七字连叠和后来的“点点滴滴”都无斧凿痕迹，以及“黑”字用得极妙。可见在李清照时，这阕词的叠字已经得到很大的认可，不过其妇人身份屡被提及。这种情况到了明清有所变化：

《纨扇仕女图》闵贞（清）

宋人中填词，易安亦称冠绝，使在衣冠，当与秦七、黄九争，不独争雄于闺阁也。其词名《漱玉集》，寻之未得，《声声慢》一词，最为婉妙。（明杨慎《词品》）

这用十四叠字，后又四叠字，情景婉绝，真是绝唱。后人效颦，便觉不妥。（明茅映《词的》）

连下叠字无迹，能手。"黑"字妙绝。（明陆云龙《词菁》）

首句连下十四个叠字，真似大珠小珠落玉盘也。（清徐釚《词苑丛谈》）

李易安词："寻寻觅觅，冷冷清清，凄凄惨惨戚戚"，连上十四叠字，则出奇制胜，真匪夷所思矣。（清梁绍壬《两般秋雨庵随笔》）

杨慎直接点出：李清照的词即便放在士大夫中，与秦观、黄庭坚也不相上下；茅映则称起首和"点点滴滴"四叠字为绝唱；陆云龙也称词中叠字无斧凿痕迹；徐釚"大珠小珠落玉盘"的比喻非常妙，突出这十四个叠字音律上的美；梁绍壬的"出奇制胜、匪夷所思"更是由衷佩服。

不过，在一片称赏声中也有极少数不同看法，如清代许昂霄的《词综偶评》就说："易安此词，颇带伧气，而昔人极口称之，殆不可解。"所谓伧气即粗俗之气，是极不客气的评价。清代周之琦的《晚香室词录》则表示赞同："其'寻寻觅觅'一首，《鹤林玉露》及《贵耳集》皆盛称之，惟海盐许篙庐谓其颇带伧气，可谓知言。"至于该词的"伧气"表现在什么地方则毫无交待，自然没有任何说服力。而李清照这阕《声声慢》里起首十四叠字是词史上的经典之作，已是定论。

李清照为人称道的名句还有《醉花阴》里"莫道不消魂，帘卷西风，人比黄花瘦"一句，词论者之称誉不再赘述，只需引清代叶申芗《本事词》里的一段记载，即可说明此句之妙：

《重阳酒兴诗图轴》钱榖补沈周（明）

李易安以重阳《醉花阴》词寄德甫云："薄雾浓云愁永昼。瑞脑销金兽。佳节又重阳，宝枕纱厨，半夜秋初透。东篱把酒黄昏后。有暗香盈袖。莫道不销魂，帘卷西风，人比黄花瘦。"德甫得词，思欲胜之。废寝食者三日，得词五十阕，杂易安作，以示陆德夫。陆吟玩良久，曰："只有'莫道不销魂'三句最佳，余不及也。"

妙绝之字堪拍案

李清照《声声慢》一词里除叠字的运用令人赞叹之外，“守着窗儿，独自怎生得黑？”的“黑”也多受赞赏，如宋张端义的《贵耳集》有云：“‘黑’字不许第二人押。”明代陆云龙的《词菁》有云：“‘黑’字妙绝。”清代陈廷焯的《白雨斋词话》有云：“‘黑’字警。”《声声慢》中的这个“黑”字，的确出人意表又合情合理，一直无可替代，只能称绝。

词人词作里也多有因某字用得传神而出名的，这最著名的要数北宋词人张先词里的“影”字，因而得美名“张三影”。据宋代胡仔《苕溪渔隐丛话》引《古今诗话》记载：“有客谓子野曰：人皆谓公‘张三中’，即心中事，眼中泪，意中人也。公曰：何不目之为‘张三影’？客不晓，公曰：‘云破月来花弄影’，‘娇柔懒起，帘压卷花影’，‘柳径无人，坠飞絮无影’。此余生平所诗意也。”从胡仔的记载来看，“张三影”的称谓是张先自己提出的，因自己最得意的三句词都有一个“影”字。而同为南宋的宋曾慥的《高斋诗话》则说：“子野尝有诗云：‘浮萍断处见山影’；又长短句云：‘云破月来花弄影’；又云：‘隔墙送过秋千影’，并脍炙人口，世谓张三影。”不但说“张三影”是世人所称，而且所引的三句带“影”的词也不一

《杂画册之四杏花春燕》八大山人（清）

样，除了最为人称道的“云破月来花弄影”相同之外，其余两句各异。不过二人都强调了张先善于用“影”字创造优美的词境。后来清代李调元的《雨村词话》又提出四影之说：“张三影已胜称人口矣，尚有一词云：‘无数杨花过无影。’合之应名四影”。清代朱彝尊的《静志居诗话》也持同样的看法：“‘中庭月色正清明，无数杨花过无影’，余尝叹其工绝，在世所传三影之上。”朱彝尊认为此“影”句比起张先为人称道的另外几句“影”更为高妙。

“影”字描写了一种蒙胧之境，适合抒发或深或浅的愁绪或感触，也适合衬托闺阁娇慵之态，的确是张先用得最妙。不过，张先的词作整体上比起他这些带“影”字的句子来显得逊色，故历来围绕张词之争或褒或贬，各执一端。清代周济《宋四家词选序论》评价张先说：“子野清出处，生脆处，味极隽永。只是偏才，无大起落。”应该是比较中肯的评价。清代词论大家王国维在《人间词话》中对张先的评价也只有这一句："'云破月来花弄影'，著一'弄'字而境界全出矣。"这一句之前则是对另一个字的同等赞赏："'红杏枝头春意闹'，著一'闹'字，而境界全出。""红杏枝头春意闹"是与王安石同时代的词人宋祁所写《玉楼春》中的一句。因为这一"闹"句，宋祁得"红杏尚书"美称。据说宋祁对此字反复锤炼、数次改动，先由"到"而"浓"，最后定为"闹"字，更是使满词生辉。明代刘体仁《七颂堂词绎》赞道："'红杏枝头春意闹'，一'闹'字卓绝千古，字极俗，用之得当，则极雅。"可谓非常中肯的点评。南宋晁公武撰《郡斋读书志》记载，宋祁诗文多用奇字，显然这一特点也体现在其词作上了。不过清初文人李渔《窥词管见》却觉得这个"闹"字用得不妥：

琢句炼字，虽贵新奇，亦须新而妥，奇而确。妥与确，总不越一理字，欲望句之惊人，先求理之服众。时贤勿论，吾论古人。古人多工于此技，有最服予心者，"云破月来花弄影"郎中是也。有蜚声千载上下，而不能服强项之笠翁者，"红杏枝头春意闹"尚书是也。云破月来句，词极尖新，而实为理之所有。若红杏之在枝头，忽然加一闹字，此语殊难着解。争斗有声之谓闹，桃李争春则有之，红杏闹春，予实未之见也。闹字可用，则吵字、斗字、打字，皆可用矣。宋子京当日以此噪名，人不呼其姓氏，意以此作尚书美号，岂由尚书二字起见耶。予谓闹字极粗极俗，且听不入耳，非但不可加于此句，并不当见之诗词。近日词中，争尚此字者，子京一人之流毒也。

李渔对词作炼字的两个著名例子进行了比较，认为张先的“弄”字妥而确是因为合理，而宋祁的“闹”字则无理。理由是桃李争春是无言的，闹字则代表有声音，照此推理，用“吵”“斗”“打”也恰当。最后他给出结论说，“闹”字极粗俗而不入耳，任何诗词都不应用。李渔的看法显然偏颇，因为文学修辞上的通感是颇为常见的，红杏花开的红火完全可以给人热闹的感受，且有一种生机勃勃的意味。另外，“闹”字也绝非“吵”“斗”“打”字所能替代，后三字缺乏“闹”字的热烈欢欣之意，与花开景致绝不匹配。

《杏花仕女图》唐伯虎（明）

张先词作里的一个“瘦”字也曾得到明代王世贞的称赏。王世贞的《艺苑卮言》一书中说：“张子野《青门引》，万俟雅言《江城梅花引》《青玉案》，句字皆佳。词内‘人瘦也，比梅花，瘦几分’、又‘天还知道，和天也瘦’、又‘莫道不消魂，帘卷西风，人比黄花瘦’，三瘦字俱妙。”这三个“瘦”字，张先用得较为平而新，南宋词人万俟咏（字雅言）用得新而奇，令人联想到唐代诗人李贺的诗句“天若有情天亦老”，而女词人李清照则用得极为精妙。

《月曼清游册之杨柳荡千》陈曼（清）

王国维《人间词话》中还提到两个词作炼字的例子："欧九《浣溪沙》词'绿杨楼外出秋千'，晁补之谓只一'出'字，使后人所不能道。余谓此本于正中《上行杯》词'柳外秋千出高墙'，但欧语尤工耳。"欧九即欧阳修，因排行九而有此称，类似还有称秦观为"秦七"、黄庭坚为"黄九"等。晁补之认为欧阳修《浣溪沙》一词中"绿杨楼外出秋千"句中的"出"字极妙，为后人难及。但王国维则认为南唐词人冯延巳（字正中）早在欧阳修之前就妙用了"出"字，非欧阳修原创。不过他也承认，欧阳修的词句之"出"用得更为成功。

清代李调元《雨村词话》也有两个词作炼字的例子："词

用‘织’字最妙，始于太白词‘平林漠漠烟如织’。孙光宪亦有句云：‘野棠如织’。晏殊亦有‘心似织’句，此后遂千变万化矣。”“张泌词如其诗，更工于用字，其《浣溪纱》：‘翠钿金缕镇眉心。’又‘断香轻碧锁愁深。’‘镇’‘锁’二字，开后人无限法门。”说的是，归于李白名下、自代词曲之祖之一的《菩萨蛮》一词里句句妙绝，起句的“织”字也是传神之至。“野棠如织”出现在北宋词人孙光宪的《后庭花》词之二中：“玉英凋落尽，更何人识？野棠如织，只是教人添怨意。”从李白用“织”形容烟，到孙光宪用“织”形容花，也见其妙。到了北宋晏殊《渔家傲》的“绿柄嫩香频采摘，心似织，条条不断谁牵役。”则是更进一步用“织”来形容心情。李调元认为，这个“织”字还不断在后世的词作里变化而用，其判断也是准确的。如张先《千秋岁》一词中“心似双丝网，中有千千结”句，就可视为“织”字的化用。同样，南唐词人张泌《浣溪沙》之一的“翠钿金缕镇眉心”及同词牌名的“断香轻碧锁愁深”两句，“镇”和“锁”二字也启发了后世词人的类似用字。

以上所举“影”“闹”“出”“织”“镇”“锁”等字，其妙绝之处，其中一个原因就是难以用其他字替代。明代俞彦《爰园词话》对此有所总结和举例：“古人好词即一字未易弹，亦未易改。子瞻‘绿水人家绕”，别本（将‘绕’）作‘晓’，为《古今词话》所赏。愚谓‘绕’字虽平，然是实境；‘晓’字无皈着，试通咏全章便见。”这里记载了一个特殊的例子：苏轼《蝶恋花》一词中的“花褪残红青杏小。燕子飞时，绿水人家绕”中的“绕”字，曾有别本作“晓”字。据查，此处提到的《古今词话》为宋代杨湜所著，其原文说：“予得此词真本于友人处，极有理趣。绿水人家绕非绕字，乃曰人家晓，晓字与绕字，盖霄壤也。”俞彦则认为还是用“绕”

江南山水

字为好，虽平实但写境，而且因通篇没有清晨景致，用“晓”字则无着落。此论颇确。另外，“绕”字有动态之感，配合燕子的飞翔，极富生趣，为下文“墙外行人，墙里佳人笑”做好了铺垫。

前面所提这些词作中的炼字例子，相对来说“闹”字是较为冒险的一个词，但也在情理之中。清代况周颐《蕙风词话》记载了两个虽无理却愈佳的词作炼字例子：“萧吟所《浪淘沙·中秋雨》云：‘贫得今年无月看，留滞江城。’贫字入词伙矣，未有更新于此者。无月非贫者所独，即亦何加于贫。所谓愈无理愈佳。词中固有此一境。唯此等句以肆口而成为佳。若有意为之，则纤矣。《菩萨蛮·春雨》云：‘烟雨湿阑干，杏花惊蛰寒。’‘惊蛰’入词，仅见，而句乃特韵。”南宋词人萧汉杰（号吟所）的这首词很少有人提及，而况周颐单提这句里的“贫”字，认为其新和无理而佳，都是后无来者的。他随后又举其词一例，“惊蛰”入词也是绝无仅有。不过，像这样特出的例子殊难把握，也没有启发后世词人的意义，故论者不多。

也有对词作炼字举反例进行批评的，如清代李调元《雨村词话》曰："李珣工于《浣溪纱》词，其词类七言，须于一句中含无限远神方妙。如'入夏偏宜浅淡妆'，又'暗思何事立残阳'，又'断魂何处一蝉新'，皆有不尽之意。至'六街微雨镂香尘'，'镂'字则尖新少意味矣。"李珣是五代前蜀词人，李调元认为其词中总有妙句，并试举数例，皆有蕴藉含蓄、可堪回味之妙。同时他又点出了李珣用字中的不足之处，如"六街微雨镂香尘"中的"镂"字，显然过于求新求特别而用力过猛，适得其反，再没有前举词句的回味不尽的意趣。

也有对炼字的批评有误的，如南宋胡仔《苕溪渔隐丛话》记载，读到秦观《踏莎行》中"可堪孤馆闭春寒，杜鹃声里斜阳暮"时，黄庭坚说："此词绝高，但既云斜阳，又云暮，则重出也。欲改斜阳为帘栊。"其实这个"暮"方是妙字。结合当时诗人的处境，正是"雾失楼台，月迷津渡，桃源望断无觅处"的时候，"可堪""孤馆""春寒"，心、境、景都极寒冷；加上黄昏时节杜鹃泣血之啼，眼前的斜阳难免令人想到"日暮途穷"之语，此时于斜阳之后接一"暮"字，极大渲染了悲怆之深重。

词风豪放与婉约

词的“豪放”与“婉约”两种风格广为人知，其源头一般公认是明代张綖《诗余图谱·凡例》里的这段话：“词体大略有二：一体婉约，一体豪放。婉约者欲见其词情酝藉，豪放者欲其气象恢宏。盖亦存乎其人。如秦少游之作，多是婉约；苏子瞻之作，多是豪放。大抵词体以婉约为正。故东坡称少游为今之词手。后山评东坡词如教坊雷大使舞，虽极天下之工，要非本色。”张綖（字南湖）对词的两种风格的认知无疑是很到位的，后世对此看法广为沿用。如清代王士祯的《花草蒙拾》中说：“张南湖论词派有二：一曰婉约，一曰豪放。”清代王又华《古今词论》所引张说，大意略同。

婉约与豪放，并不足以概括词的风格流派的繁富多样，但用以总结词风或偏于“阴柔”之美、或偏于“阳刚”之美的两种基本倾向，还是颇能自圆其说的。婉约者，宛转含蓄是也。从《花间集》开始，词史上宛转柔美的风调相沿成习，由来已久。五代后蜀赵崇祚所编《花间集》，收录有以蜀人作者为主的词约500余首，主要是供士大夫宴会间取闲作乐而作，故名《花间集》。虽然其题材不免狭小，但艺术水平也是颇高的。《花间集》出现的同时，南唐也有以后主李煜和冯延巳为代表的优秀词作者。尤其后主李煜成为亡国之君后，所写词作水平更比《花间集》为高。有人认为，李煜的词里有了“金石之声”，其一些悲怆之作，可谓开后世豪放派的端倪。如其《浪淘沙》一词里的“往事只堪哀”“金剑已沉埋，壮气蒿莱”之句，以及《破阵子》“四十年来家国”等语，已见豪气。因此王国维《人间词话》评价说：“词至李后主而眼界始大，感慨遂深，遂变伶工之词为士大夫之词。”进入北宋后，晏殊、柳永、欧阳修、秦观等人秉承婉约之风，且佳作频现。千年难遇的大文豪苏轼，带着傲人的才力和豪迈之风，从柔靡中寻找“自是一家”的词风。相较范仲淹《渔家傲》里偶现的悲壮之气，苏轼显然是刻意要在词坛上开辟一片新天地，以下记载颇能说明：

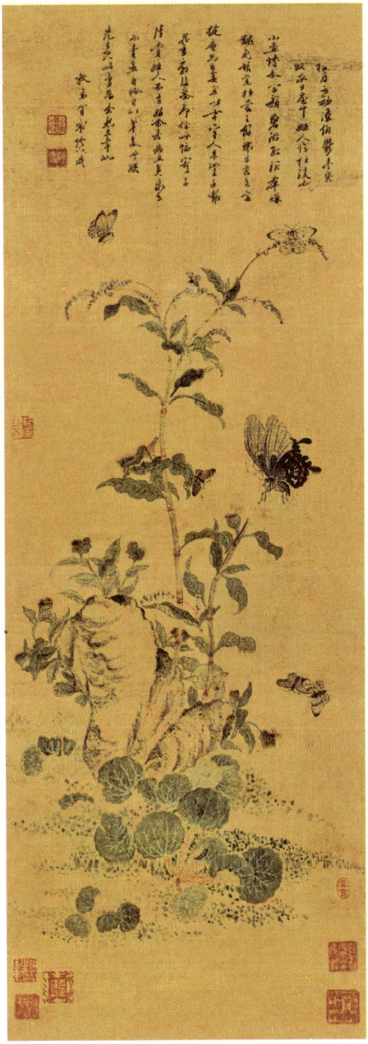

《花蝴蝶图》金钥、蔡含秋（清）

近却颇作小词，虽无柳七郎（永）风味，亦自是一家。呵呵！……数日前猎于郊外，所获颇多，作是一阕，令东川

《洞天山堂轴》董源（五代南唐）

壮士抵掌顿足而歌子，吹笛击鼓以为节，颇壮观也。（《与鲜于子骏书》）

又惠新词，句句警拔，诗人之雄，非小词也。但豪放太过，恐造物者不容人如此快活。（《答陈季常书》）

显然苏轼也很清楚，他对词的领域如此拓宽，对词风做如此改变，必定是颇为惊世骇俗，所以自己也说不能豪放太过。但因其超拔的境界和才力，终于还是成就他在豪放词风上当仁不让的至尊地位。的确，正因为词的起源和怡情悦性的功用，不少词人还是认同张綖的看法：即词以“婉约”为正宗。尤其北宋时，陈师道提出苏轼以诗为词非词之道的批评，李清照也将苏轼等人的词归之于“皆句读不葺之诗耳”。稍晚于张綖的徐师曾在《文体明辨序说》中也指出：“至论其词，则有婉约者，有豪放者。婉约者欲其辞情蕴藉，豪放者欲其气象恢弘，盖虽各因其质，而词贵感人，要当以婉约为正。”徐师曾认为婉约、豪放都各有其景象，但若以感人而论，还是应推婉约为正宗。

到了南宋情况大致相同，但国破家亡的家国之痛催生了辛弃疾将悲壮豪迈的词风推向极致。而偏安江南的现实，也让一大批词人延续着和坚守着词贵婉约的正宗，代表词人有姜夔、吴文英、史达祖等。对词之豪放风格的不赞同之声依然如故，如宋末元初时人张炎所著《词源》就说：“辛稼轩、刘改之作豪气词，非雅词也。”总的来说，词论者多持婉柔为词之正统的论调。

而明确推崇词作豪放之风的，自苏轼之后，还有胡寅、王灼、范开、刘辰翁、陆游、王若虚、元好问等人。刘熙载在《艺概》中甚至说：“太白《忆秦娥》声情悲壮，晚唐五代，惟趋婉丽，至东坡始能复古。后世论词者或转以东坡为变调，不知晚唐五代乃变调也。”意即豪放方是词之正统。这种提法得到了陈廷焯的赞同，他在《白雨斋词史》中云：“张皋文《词选》，独不收梦窗词，以苏辛为正声，却有巨识。”

当然，也又不少词论者执更为客观理性态度，认为豪放婉约各得其所、各有所长。如明末清初的韵学家沈谦的《填词杂说》所云：“词不在大小浅深，贵于移情，晓风残月，大江东去，体制虽殊，读之皆若身历其境，惝恍迷离，不能自主，文之至也。”的确，不管词风是豪放或婉约，只要能使人身临其境、情有所感、不能自已，就是好词。清人顾咸三也说：“宋名家词最盛，体非一格，辛苏之雄放豪宕，秦柳之妩媚风流，判然分途，各极其妙。”（高佑钽《迦陵词全集序》）。

同时，豪放与婉约只是相对的，并不绝对，豪放派词人也有婉约之作，反之亦然。正如明代俞彦的《爰园词话》说：“子瞻词无一语著人间烟火，此自大罗天上一种，不必与少游、易安辈较量体裁也。其豪放亦止‘大江东去’一词。何物袁袁綯，妄加品骘，后代奉为美谈，似欲以概子瞻生平。不知万顷波涛，来自万里，吞天浴日，古豪杰英爽都在，使屯田此际操觚，果可以‘杨柳岸，晓风残月’命句否？”俞彦认为豪放不能概括苏东坡的生平，“大江东去”这样的词更局限了对他博大开阔如海天一色般的境界。正是因为其胸襟和才气都高出凡俗太多，发豪放之语是必然，而这种必然是柳永之辈格局较小之人无法达到的。明代贺裳则认为苏轼虽擅豪放词，但作婉约之词也丝毫不逊色于柳永词。他的《皱水轩词筌》云：“苏子瞻有铜琶铁板之讥，然其《浣溪沙·春闺》曰：‘彩索身轻常趁燕，红窗睡重不闻莺’，如此风调，令十七八女郎歌之，岂在‘晓风残月’之下？”

其实柳永虽以婉约绮靡著称，却也写过《一寸金》（井络天开）、《永遇乐》（天阁英游）、《瑞鹧鸪》（吴会风流）等五六首气象颇为恢宏的词作。如《双声子》一词曰：

晚天萧索，断蓬踪迹，乘兴兰棹东游。三吴风景，姑苏台榭，牢落暮霭初收。夫差旧国，香径没、徒有荒丘。繁华处，悄无睹，惟闻麋鹿呦呦。

想当年、空运筹决战，图王取霸无休。江山如画，云涛烟浪，翻输范蠡扁舟。验前经旧史，嗟漫载，当日风流。斜阳暮草茫茫，尽成万古遗愁。

《江山无尽》高岑（清）

柳永这首词借助对吴越争霸史的咏叹，发思古谏今和内心郁怀。从取材、立意和写景来看，与其惯以为之的旖旎悱恻大不一样。尤其下片“想当年”起始，透出的笔力雄浑令人为之一震，而“江山如画，云涛烟浪”的景象又是何等壮阔开宕。有人甚至认为苏轼《念奴娇·赤壁怀古》“江山如画，一时多少豪杰”也许是由此借鉴而来。

此外，豪放与婉约的选择，也和词作者的才气和创造力有关，这一点前引俞彦的《爰园词话》已经说得很透彻。词体的起源和特点，决定了它适宜于写风月柔情的绵密之作，然而过于狭隘的题材和风格，则限制其进一步发展。直到苏轼和辛弃疾等人出现，为词开辟一片新境。正如宋末刘辰翁《须溪集》所说：“词至东坡，倾荡磊落，如诗如文，如天地奇观，岂与群儿雌声学语较工拙；然犹未至用经用史，牵《雅颂》入郑卫也。自辛稼轩前，用一语如此者必且掩口。及稼轩横竖烂漫，乃如禅宗棒喝，头头皆是又如悲笳万鼓，平生不平事并卮酒，但觉宾主酣畅，谈不暇顾。词至此亦足矣。”刘辰翁说，苏轼的创造力让人能跳出词之小道的限制，境至高滔，而不必与拘泥旧制者计较细节。不过他认为苏轼在用典上有所突破，意即还是有所局限，直到辛弃疾的出现，又开辟“当头棒喝”之境。刘辰翁如此强调豪放词对词人的要求，其实也提出了豪放之词更难学，正如王国维所说：“东坡之词旷，稼轩之词豪，无二人之胸襟而学其词，犹东施之效捧心也。”当然，豪放和婉约都各持其度，如苏轼自己所说：豪放也不能太过。那种为豪放而豪放的声嘶力竭只会贻笑大方。至于婉约词，尤需严戒轻薄放浪，哀而不伤、艳而不靡。清代王士祯《花草蒙拾》一书说：“张南湖论词派有二：一日婉约，一曰豪放。仆谓婉约以易安为宗，豪放惟幼安称首，皆吾济南人，难乎为继矣。”王士祯认为婉约派以李清照为宗，豪放派唯辛弃疾为首，而别人难以为继。这虽然是一家之言，但对学词之人来说，两者代表的婉约和豪放，的确是值得认真效仿的。

欲学词，应何为

词作要义尚雅趣

词论者对词的雅俗之辩颇为重视。对读词学词之人，清代陈廷焯曾直言：“入门之始，先辨稚俗。”清代王又华的《古今词论》中节录张祖望《掞天词·序》语曰：“词虽小道，第一要辨雅俗。”清代刘熙载《词概》云：“词，乐章也。雅郑不辨，更何论焉。”话虽如此，但词的雅俗之辩却显得剪不断理还乱。

词是音乐与文学的结合体。而自汉唐以来，音乐与文学就有雅俗之辩，词有雅俗之分也是自然而然之事。词本来是民间文艺的形式，最初产生于下层里巷，到晚唐、五代文人词发展起来后才渐渐由俗趋雅。然而与具有正统地位的诗文相比，词仍然偏于“俗”，是用来享乐、消遣和应酬的“小道”“末技”，供“绮筵公子、绣幌佳人”佐欢之用。随着词体的发展和文人词创作的丰富，词体本身的雅俗之辨又成了重要话题。经历了北宋柳永词掀起的“俗”之高潮和随着而来的批判，南宋“复雅运动”掀起词之雅的第一个高潮。到了明代，词之俗重新崛起并延续直清初。而后，清代朱彝尊为代表的浙西词派去俗倡雅深远持久，词之雅俗争辩在古典词话里终以雅为尊。

对柳永词的“俗”，批评者甚众。第一俗是指其以花柳巷陌、男女风月情爱为主的题材。代表性的评论有：

康（与之）、柳词自批风抹月中来，……二公则为风月所使耳。（南宋张炎《词源》”）

“柳耆卿以词名景祐、皇祐间。《乐章集》中冶游之作居其半，率皆轻浮猥媟，取誉筝琶。如当时人所讥，有教坊丁大使意。惟《雨霖铃》之“杨柳岸，晓风残月”，《雪梅香》之“渔市孤烟袅寒碧”，差尽风雅。”（清邓廷桢《双砚斋词话》）

徒以绮语柔情，竞夸艳冶，从而效之者加厉焉。遂使郑卫之音，泛滥于六七百年．而雅奏几乎绝矣。（清江顺诒《词学集成》卷五引陶篁村语云）

张炎所说“康”是宋代词人康与之，其人其词名不见经传，试看康与之《采桑子》一词曰：“晚来一霎风兼雨，洗尽炎光。理罢笙簧。却对菱花淡淡妆。绛绡缕薄冰肌莹，雪腻酥香。笑语檀郎。今夜纱厨枕簟凉。”或有“风

《梧桐仕女图》王素（清）

《听阮图》南宋 李嵩（传）

月”之意，但从词作数量和影响力来看，康与之自然无法与柳永相提并论。因此，邓廷桢完全没有必要提康与之，柳永一人担风月之名足矣。实际上，正如陶篁村所说，艳冶词风的绵绵不绝也是在柳永的影响之下。邓廷桢批评柳词除少数例外，皆冶游轻浮之作，取誉于市井青楼。柳永以下词作当可作为这些评价的注脚：

帝里风光好，当年少日，暮宴朝欢。况有狂朋怪侣，遇当歌、对酒竞留连。（《戚氏》）

帝城当日，兰堂独烛，百万呼卢，画阁春风，十千沽酒。

未省、宴处能忘管弦，醉里不寻花柳。（《笛家弄》）

满搦宫腰纤细。年纪方当笄岁。刚被风流沾惹，与合垂柳双鬟。初学严妆，如描似削身材，怯雨羞云情意。举措多娇媚。争奈心性，未会先怜佳婿。长是夜深，不肯便入鸳被，与解罗裳，盈盈背立银釭，却道你但先睡。”（《斗百花》其三）

单从柳永这些词来看，的确觉得以上评价并不偏颇，而柳永词里此类题材的数量也的确太多。从历史发展的眼光来看，北宋前期市民阶层成为主流，对这种俗文化的需求是柳永此类词作诞生的动力。不过当时的士大夫站在自己的立场上，是不可能看到这一点的。胡仔《苕溪渔隐丛话》引《艺苑雌黄》，甚至将原因进一步归之于柳永的“无德行”上：

柳三变，字景庄，一名永，字耆卿。喜作小词，然薄于操行……日与猥子纵游娼馆酒楼间，无复检约，自称云：“奉旨填词柳三变。”呜呼！小有才而无德以将之，亦士君子所宜戒也。柳之乐章，人多称之。然大概非羁旅穷愁之词，则闺门淫媟之语，若以欧阳永叔、晏叔原、苏子瞻、黄鲁直、张子野、秦少游辈较之，万万相辽。彼其所以传名者，直以言多近俗，俗子易悦故也。

胡仔赞同柳永词因无德行而专注于格调底下的题材，且语言“近俗”。这正是柳永词作被文人们诟病的第二俗：语言风格通俗鄙俚。大量使用俚语俗词，这是为了迎合下层市民的欣赏习惯，以及适应歌妓声口。对此进行批评的有：

始有柳屯田永者，变旧声作新声，出《乐章集》，大得声称于世；虽协音律，而词语尘下。（李清照《词论》）

（柳）词虽极工致，然多杂以鄙语，故流俗人尤喜道之。（南宋徐度《却扫编》）

耆卿长于纤艳之词，然多近俚俗，故市井人悦之。（黄升《花庵词选》）

耆卿词虽极工，然多杂以鄙语。（《历代诗馀》引孙敦立语）

所谓俚语俗词，其实就是来自民间的口语化字词，如柳永词中经常出现的“人人”（如《木兰花令》中“有个人人真攀羡”，《少年游》里的“淡黄衫子郁金裙，长忆个人人”等）、“特地”（如《清平乐》中“特地柔肠欲断”、《少年游》中“特地快逢迎”）等，其他又如“则个”“怎得”“好生地”“无端”等皆是如此。其实若说口语化，李清照《声声慢》里“独自怎生得黑”也是。柳词这一俗，比起题材上的俗要轻得多。同样，柳永开创的慢词“铺叙展衍”的表现手法和风格，也多被视为俗的一部分。这种手法一反《花间词》含蓄蕴藉的传统风格，叙述描写直观、浅露、细腻、完整，这一点也不乏诟病者。如清代王奕清《历代词话》引李之仪语：“誉卿词铺叙展衍，备足无余，较之（花间）所集，韵终不胜。”清代钱裴仲《雨华盦词话》云：“柳词与曲相去不能以寸。且有一个意或二三见，或四五见者．最为可厌。”

其实，柳词慢词长调的铺叙，也开创了词的形制。有词论者认为这种形制值得称赏，如宋代王灼《碧鸡漫志》云：“柳耆卿《乐章集》，世多爱赏该洽，序事闲暇，有首有尾，亦间出佳语，又能择声律谐美者用之。”清代郑文焯的《与人论词遗札》也云：“其高浑

《山亭听雨图》石涛（清）

处不减清真。长调尤能以陈雄之魄，清劲之气，写奇丽之情，作挥绰之声。”王灼对柳词虽然有“惟是浅近卑俗，自成一体，不知书者尤好之”的评价，但对其长调铺陈则持肯定态度。而郑文焯更是将其长调达成的境界，提高至“陈雄之魄、清劲之气”“奇丽之情，挥绰之声”，可以说是极高的。

究其实，对柳永词“三俗”的批判里，题材立意方面的俗还是最主要的，因为俚语俗词和铺陈叙述如果用在立意较高的词作里，一样可以雅。如柳永《八声甘州》一词：

对潇潇暮雨洒江天，一番洗清秋。渐霜风凄紧，关河冷落，残照当楼。是处红衰翠减，苒苒物华休。惟有长江水，无语东流。

不忍登高临远，望故乡渺邈，归思难收。叹年来踪迹，何事苦淹留。想佳人，妆楼颙望，误几回、天际识归舟。争知我，倚阑干处，正恁凝愁！

这首词上阕写秋景，登高望远，眼前秋日景致逐一铺陈，犹如慢慢展开一幅画卷。且用语极尽雅致，苏轼就曾赞曰：“人皆言柳耆卿词俗，然如‘渐霜风凄紧，关河冷落，残照当楼’，唐人佳处，不过如此。”这是明代杨慎《词品》中《柳词为东坡所赏》一则所说，出处是宋代赵令畤《侯鲭录》，而宋人吴曾《能改斋词话》和魏庆之的《魏庆之词话》则说此句评语出自晁无咎之口。不管怎样，柳词这一句都是当得起“不减唐人佳处”的评语的。下阕写归思，又设想佳人妆楼遥望而屡屡失望的心情，与自己现状相对，突出愁之深远和无奈。这里出现了“争知”“恁“等口语词，但丝毫无损词句此词的“雅”。

而类似柳永《西江月》的“师师生的艳冶，香香与我多情。安安那更久比和，四个打成一片。”之所以是俗词艳语，终究还是立意和格调之俗。近人夏敬观《吷庵词评》说：“耆卿词，当分雅、俚二类，雅词用六朝小品文赋做法，层层铺叙，情景兼容，一笔到底，始终不懈。俚词袭五代淫媟之风气，开金元曲子之先声，比于里巷歌谣，亦复自成一格。”

伴随着对柳词之俗的批判，词学雅俗之辩此起彼伏，而提倡“雅化”则在南宋贯穿始终。张炎的《词源》、沈义父的《乐府指迷》最具代表性。总结起来，南宋对词的雅化主要表现在三个方面：具有诗教意味创造思想的雅正；合乎音律、语言修辞的文雅；品格风度的高雅。到了明代，词的创作和词论都呈“中衰”之势，诗文名家不屑为词，但唯独南宋何士信编辑的词选《草堂诗余》在词坛空前盛行、一枝独秀，奠定了其“俗”之风尚，并延续至清初。由此，开启了新一轮的词的雅俗之辩。朱彝尊开创了清代声势最大、历时最长的词学流派浙西词派一直遵奉崇雅之论，其“雅”的内容也大致包含贯彻儒家的雅正思想、注重高雅的立意和情致，以及合于声律、乐调、词谱三个方面。这两次词学史上的雅俗之辩，虽然不免有偏颇之处，但总体指明了词的尚雅趣味。

总体来说，柳永词作里流传千古之作，皆是立意、用词、境界高雅之作，迎合下层民众的俚俗之词则多沉潜不传。再结合千年而下词论者多称赏的好词来看，词的雅趣味确是学词作词的要义。

化用集词了无痕

宋词出现之前，中国古典文学宝库里已积攒有无数光灿耀人的珠玉珍宝。词人固然以求新求变为孜孜以求的，但这些巨大的文学财富无疑会是词人下笔依凭的丰厚底蕴。不过，如何能对这些奇珍异宝善加利用，又不致有因袭重复之嫌，就看词人化用的本领了。

词与诗有着剪不断理还乱的关系，且词的长短变化、韵味起伏，往往能给句式固定的诗注入新的生命力。巧妙无痕迹的化用，可看作是词作的新与变。明代王世贞的《艺苑卮言》说："'寒鸦千万点，流水绕孤村'，隋炀帝诗也。'寒鸦数点，流水绕孤村'，少游词也。语虽蹈袭，然入词尤是当家。" 这句"寒鸦数点，流水绕孤村"出现在秦观《满庭芳》一词里。因该词起首"山抹微云，天连衰草，画角声断谯门"太过著名，给秦观赢得"山抹微云秦学士"的美名，遮蔽了这一句的光彩。其实这句作为上阕结语，堪称渲染悲凄之境的妙笔。

《满庭芳》

山抹微云，天连衰草，画角声断谯门。暂停征棹，聊共引离尊。多少蓬莱旧事，空回首、烟霭纷纷。斜阳外，寒

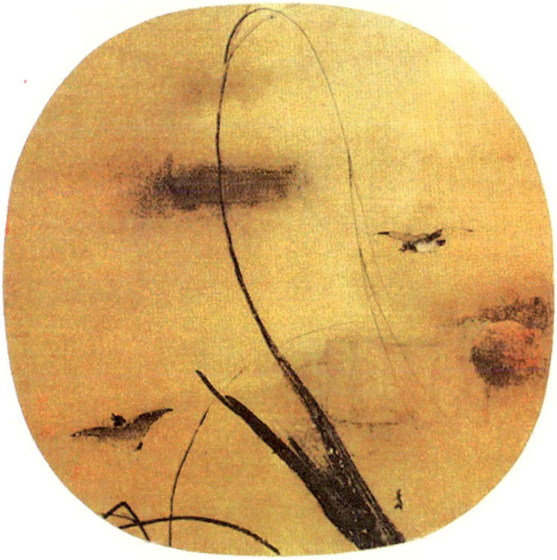

《秋柳双鸦图》梁楷（宋）

鸦万点，流水绕孤村。

消魂当此际，香囊暗解，罗带轻分。谩赢得青楼薄幸名存。此去何时见也？襟袖上、空惹啼痕。伤情处，高城望断，灯火已黄昏。

宋代严有翼《艺苑雌黄》有记载曰："'寒鸦万点，流水绕孤村'之句，人皆以为少游自造此语。殊不知亦有所本。予在临安，见平江梅知录云：隋炀帝诗云：'寒鸦千万点，流水绕孤村。'少游用此语也。又余尝读李义山效徐陵体赠更衣诗云：'轻寒衣省夜，金半熨沉香。'乃知少游词'玉笼金斗，时熨沉香袖'与'睡起熨沉香，玉腕不胜金斗'，其语亦有来处。"严有翼记录了平江梅知录看出秦观这句词对隋炀帝诗的化用，他自己也看出秦观的"玉笼金斗，时熨沉香袖"与"睡起熨沉香，玉腕不胜金斗"句是化用唐代诗人李商隐《效徐陵体赠更衣》一诗的“轻寒衣省夜，金半熨沉香”句。

唐诗之璀璨华美，故词作里化用唐人诗句的情况是最多的。如晏几道的《蝶恋花》：

醉别西楼醒不记，春梦秋云，聚散真容易。斜月半窗还少睡，画屏闲展吴山翠。衣上酒痕诗里字，点点行行，总是凄凉意。红烛自怜无好计，夜寒空替人垂泪。

晏几道工于言情，尤其怀旧之词技巧高超，立意、下笔颇有唐人意境，化用唐人诗句的尤为巧妙。如“春梦秋云，聚散真容易”，是对白居易《花非花》一诗中“来如春梦不多时，去似秋云无觅处”的化用，凝炼、灵动，韵味悠长深远。不过其父晏殊《木兰花》一词里已有“长于春梦几多时，散似秋云无觅处”，用春梦、秋云抒发聚散离合不常之感，也是对白居易词的化用，有人还认为晏几道是化用了其父之句。晏几道这首《蝶恋花》的结语“夜寒空替人垂泪”，则对杜牧《赠别》一诗“多情却总似无情，唯觉樽前笑不成。蜡烛有心还惜别，替人垂泪到天明”的化用更为明显，只是稍加变化而已，但由于跟整首词水乳交融，给人耳目一新之感。

晏殊父子对唐诗的化用例子还有不少，比如晏殊《木兰花》一词里“天涯地角有穷时，只有相思无尽处”，能看出白居易《长恨歌》名句“天长地久有时尽，此恨绵绵无绝期”的影子；晏几道为人称道的“落花人独立，微雨燕双飞”句，化用宋代诗人翁宏《春残》诗句“落花人独立，微水燕双飞”； 晏几道“梦入江南烟水路，行尽江南，不与离人遇”，是对唐代诗人岑参《春梦》诗句“枕上阕时春梦中，行尽江南几千里”的“化用。

很多为人称道的词作名句也都是化用而来，如苏轼中秋词《水调歌头》里的名句“明月几时有，把酒问青天”，其实已有李白《把酒问月》一诗里“青天有月来几时，我今停杯一问之”的珠玉在前；而柳永《雨霖铃》脍炙人口的“杨柳岸，晓风残月”是化用唐代诗人韩琮“晓风残月正潸然”；秦观著名的《满庭芳》一词里“谩赢得青楼，薄幸名存”明显化用了杜牧《遣怀》中的“赢得青楼薄幸名”。这些名句青出于蓝而胜于蓝，赋予原句新的内涵和韵味，堪称高妙。

《落花独立图》余集（清）

南宋词人辛弃疾作词用典出神入化，其《南乡子·登京口北固亭有怀》云：“何处望神州？满眼风光北固楼。千古兴亡多少事，悠悠，不尽长江滚滚流。”明显化用杜甫的经典之作《秋兴八首》其一里的“无边落木萧萧下，不尽长江滚滚来”，更改一字是为押韵合辙，却显得极其自然。

还有一种特殊的化用是集句填词，即完全摘引前人诗词句子填词。宋代吴曾《能改斋词话》记载："王荆公筑草堂于半山，引入功德水作小港，其中叠石作桥，为集句填菩萨蛮。"王荆公即王安石，这首《菩萨蛮》如下：

数间茅屋闲临水，窄衫短帽垂杨里。今日是何朝，看予度石桥。梢梢新月偃，午醉醒来晚。何物最关情，黄鹂三两声。

词中句子出处：

数间茅屋闲临水——刘禹锡《送曹璩归越中旧隐诗》；
今日是何朝——韩愈《次同冠峡（赴阳山作）》
梢梢新月偃——韩愈《南溪始泛》
黄鹂三两声——沈周《送允晖》

全篇用前人诗句杂缀成词而不显牵强拼凑之意，黄庭坚看了之后"戏效其体亦作《菩萨蛮》：

半烟半雨溪桥畔，渔翁醉着无人唤。疏懒意何长，春风花草香。江山如有待，此意陶潜解。问我去何之，君行到自知。

"疏懒意何长，春风花草香"，化用杜甫诗句"无人觉来往，疏懒意何长"（《西郊》）和"迟日江山丽，春风花草香"（《绝句二首》）；"江山如有待"是杜甫《后游》中的诗句；"此意陶潜解"也出自杜甫《可惜》一诗。全词剥录杜甫诗句而成，却得顺手拈来、移花接木之妙。

前面所举的例子，是词作中的一些句子化用了前人诗句，而贺铸的《南歌子》则每一句都是从前人诗句变化而来：

《南歌子》

疏雨池塘见，微风襟袖知。阴阴夏木啭黄鹂。何处飞来白鹭立移时。易醉扶头酒，难逢敌手棋。日长偏与睡相宜。睡起芭蕉叶上自题诗。

词中句子出处：

疏雨池塘见，微风襟袖知。（杜牧《秋思》：“微雨池塘见，好风襟袖知”）

阴阴夏木啭黄鹂。何处飞来白鹭立移时。（王维《积雨辋川庄作》：“漠漠水田飞白鹭，阴阴夏木转黄鹂”）

易醉扶头酒，难逢敌手棋。（姚合《答友人招游》：“赌棋招敌手，沽酒自扶头”）

日长偏与睡相宜。（欧阳修《蕲簟》：“自然唯与睡相宜”）

睡起芭蕉叶上自题诗。（方干《送郑台处士归绛岩》：“曾书蕉叶寄新题”）

贺铸对前人诗句或是略改数字，或是化骈为散，或是一反其意，重组熔铸，写成了这首富有独特意蕴的词。

宋代不少词人都做过集句词，王安石名为“集句”的词有四首，苏轼、黄庭坚两首，秦观、辛弃疾、贺铸、晁补之、张孝祥、朱希真、杨冠清各一首。其中朱希真的《采桑子·闺怨集句》词句最为特别，除了全部采自宋代女词人句子外，每一句都是原句。

《采桑子·闺怨集句》

王孙去后无芳草，绿遍香阶。尘满妆台。粉面羞搽泪满腮，教我甚情怀。

去时梅蕊全然少，等到花开，花已成梅。梅子青青又带黄，几看未归来。

词中句子出处：

王孙去后无芳草，（朱淑真词，失调名）
绿遍香阶。（李秀兰《减字木兰花》）
尘满妆台。（吴淑姬，失调名）
粉面羞搽泪满腮，（王幼玉词，失调名）
教我甚情怀。（李清照词，失调名）
去时梅蕊全然少，（窦妇人词，失调名）
等到花开，（苏小小《减字木兰花》）
花已成梅。（陶氏《苏幕遮·闺怨》）
梅子青青又待黄，（胡夫人《采桑子》）
几自未归来。（王娇姿词，失调名）

类似这样的集句词虽然不乏令人称赏的例子，但终究不是填词正道，作为文字游戏偶一为之足矣。宋以后做集句词的较少，自元末明初刘基《诚意伯词》有意作集句词，清代出现更多集句词作者，其中当数朱彝尊的《蕃锦集》在篇幅上、之类上和影响力上最值得称道。

无论是化用还是集句，只有用得巧妙而不露痕迹，与整词水乳交

《荷汀水阁图》佚名（宋）

融、密不可分，才是最高境界。李调元《雨村词话》记载说："宋初叶清臣字道卿，有贺圣朝词云：'三分春色二分愁，更一分风雨。'东坡水龙吟演为长句云：'春色三分，二分尘土，一分流水。'神意更远。"

苏轼的词句显然化用自宋代叶清臣的词，但化出"神意"且深远，因此为人称道，而且后人只记得此句是他的手笔。化用得妙的佳话莫过于宋祁《鹧鸪天》，其词曰：

画毂雕鞍狭路逢。一声肠断绣帘中。身无彩凤双飞翼，心有灵犀一点通。金作屋，玉为笼。车如流水马游龙。刘郎已恨蓬山远，更隔蓬山几万重。

这阕词上片回忆与一女子途中匆匆相逢，心动神往，得灵犀之美妙。下片则因无缘再见，抒写无限相思之情。整首词柔情丽语，风流妩媚，轻柔儇巧。关于这首词的佳话，南宋黄升《花庵词选》记载得很详细："子京过繁台街，逢内家车子。中有褰帘者曰：'小宋也。'于京归，遂作此词。都下传唱，达于禁中。仁宗知之，问内人第几车子，何人呼小宋？有内人自陈：顷侍御宴，见宣翰林学士，左右内臣曰，小宋也。时在车子偶见之，呼一声尔。上召子京从容语及。子京惶惧无地。上笑曰：蓬山不远。因以内人赐之。"这位宫内女子因为在某次宴席上见到了宋祁，想必也早闻其词名，倾其词才，所以才印象深刻，以致在路上偶遇还情不自禁叫出了声。宋祁从中也读出了倾慕之意，内心激荡不已，但自己又知道与此女相见相识皆渺茫，因此写下此阕词表达怅惘怀念之情。词中"身无彩凤双飞翼，心有灵犀一点通"一句，化用了唐朝诗人李商隐的诗句，却与整阕词意境浑然一体。此词一写成即在京师广为传唱。宋仁宗看到此词也颇为激赏，找出此女赐予宋祁，一段美好姻缘因佳曲而成，令时人艳羡不已。

《鹧鸪天之春闺》（选自《宋词画谱》）

化用之妙，可以使词拥有醇厚内蕴、耐人寻味，当然也得遵循过犹不及之训。

词牌由来知多少

词最开始是配乐而歌的。填词，顾名思义，必是依谱而填。而后随着词这一形制的发展，词渐渐与乐曲脱离。但每种词牌的字数、平仄等基本，则是需要遵照的定式。了解词牌的相关知识和来历，对填词之人而言，其必要性不言而喻。

词牌数以千计之众，关于词牌名及曲的由来，相关史料颇多，如唐代崔令钦《教坊记》等。历代词话里对词牌名也多有提及，首先是辩证其得名缘由，如宋代王灼的《碧鸡漫志》对《虞美人》这一词牌的起源就提出自己的看法：

虞美人，脞说称起于项籍虞兮之歌。予谓后世以此命名可也，曲起于当时，非也。……按《益州草木记》，雅州名山县，出虞美人草，如鸡冠花。叶两两相对，为唱虞美人曲，应拍而舞，他曲则否。贾氏谈录，褒斜山谷中，有虞美人草，状如鸡冠，大叶相对。或唱虞美人，则两叶如人拊掌之状，颇中节拍。《酉阳杂俎》云："舞草出雅州，独茎三叶，叶如决明，一叶在茎端，两叶居茎之半相对。人或近之歌，及抵掌讴曲，叶动如舞。"益部方物图赞改虞作娱，云今世所传

《虞美人图页》佚名（宋）

虞美人曲，下音俚调，非楚虞姬作，意其草纤柔，为歌气所动，故其茎至小者，或若动摇，美人以为娱耳。

王灼认为《虞美人》这个曲子不可能在秦朝末年就已经出现，但由于其内容咏项羽别虞姬之事而得名是可能的。根据《益州草木记》和《酉阳杂俎》的记载，有种叫虞美人的草，状如鸡冠花，最奇特的是其叶能闻歌而舞，甚至于只闻虞美人曲方才起舞，而且颇中节拍。故王灼认为，当时所传《虞美人》曲音调近俚俗，并非为项羽虞姬之事而作，其得名应为这种草的传说。不过，后世就此曲所填之词多与虞姬故事有关。有人考证，《虞美人》之曲还是出自项羽虞姬“英雄末路难舍红颜知己”的故事。《虞美人》词牌所填名曲，当以李煜“春花秋月何时了”、蒋捷《虞美人·听雨》最为知名。

王灼的《碧鸡漫志》还提到《菩萨蛮》词牌名的来由：

菩萨蛮，南部新书及杜阳杂原脱杂字。编云：“大中初，女蛮国入贡，危髻金冠，缨络被体，号菩萨蛮队，遂制此曲。

当时倡优李可及作菩萨蛮队舞，文士亦往往声其词。”大中，乃宣宗纪号也。《北梦琐言》云：“宣宗爱唱菩萨蛮词，令狐相国假温飞卿新撰密进之，戒以勿泄，而遽言于人，由是疏之。”温词十四首，载花间集，今曲是也。李可及所制盖止此，则其舞队，不过如近世传踏之类耳。

意即此曲因女蛮国入贡的妇人的装扮如中国塑像之菩萨，因此有“菩萨蛮”之称。优伶李可及为这队妇人制曲编舞，当时文人依曲填词的也甚多，便也名之《菩萨蛮》。而“百代词曲之祖”之《菩萨蛮·平林漠漠烟如织》最是闻名遐迩。

明代杨慎的《词品》对《菩萨蛮》之名的来由也因袭此种说法：“西域诸国妇人，编发垂髻，饰以杂华，如中国塑佛像璎珞之饰，曰菩萨鬘，曲名取此。《唐书》吕济元上书，比见方邑，相率为浑脱队，骏马胡服，名曰《苏幕遮》，曲名亦取此，李太白诗‘公孙大娘浑脱舞’，即此际之事也。”杨慎除赞同《菩萨蛮》名来自西域，还记载《苏幕遮》之名也来自西域。此外，《词品》还对多种词牌名来由作了记录和类推：

词名多取诗句，如《蝶恋花》则取梁元帝“翻阶蛱蝶恋花情”；《满庭芳》则取吴融“满庭芳草易黄昏”；《鹧鸪天》则取郑嵎“春游鸡鹿塞，家在鹧鸪天”；《惜余春》则取太白赋语；《浣纱溪》则取少陵诗意；《青玉案》则取《四愁诗》语；《菩萨蛮》，西域妇髻也；《西幕遮》，西域妇帽也；《尉池杯》，尉迟敬德饮酒必用大杯，故而名曲；兰陵王每入阵必先，故歌其勇；《生查子》，“查”古“槎”字，张骞乘槎事也；《西江月》，卫万诗“只今唯有西江月，曾照吴王宫里人”之句也；《潇湘逢故人》，柳浑诗句也；《粉蝶儿》，毛泽民词“粉蝶儿共花同活”句也。余可类推，不能悉载。

杨慎指出词调名多取自古诗中的句子，这一观点被明代都穆《南濠诗话》所因袭：

昔人词调，其命名多取古诗中语。如《蝶恋花》取梁简文诗“翻阶蛱蝶恋花情”；《满庭芳》取柳柳州诗“满庭芳草积”；《玉楼春》取白乐天诗“玉楼宴罢醉和春”；《丁香结》取古诗“丁香结恨新”；《霜叶飞》取老杜诗“清霜洞庭叶，故欲别时飞”；《清都宴》取沈隐侯诗“朝上阊阖宫，夜宴清都关”。其间亦有不尽然者，如《风流子》出《文选》。刘良《文选注》曰：“风流，言其风美之声流于天下。子者，男子之通称也。”《荔枝香》《解语花》，一出《唐书》，一出《开元天宝遗事》。《唐书·礼乐志》载：“明皇幸蜀，贵妃生日，命小部张乐春天新曲而未有名。会南方进荔枝，遂命其名曰‘荔枝香’。”《遗事》云：“帝与妃子共赏太液池千叶莲，指妃子谓左右曰：‘何如此解语花也？’”《解连环》出《庄子》，《庄子》曰：“南方无穷而有《塞垣春》，“塞垣”二字出《后汉书》《鲜卑传》；《玉烛新》，“玉烛”二字出《尔雅》。即此观之，其余可类推矣。

对比杨慎和都穆的说法可以看出，即便是认可词牌出自古诗文句子，但除《蝶恋花》出自同一句诗之外，同一词牌则出自不同的诗句。而两人都提到了“类推”之说， 可以想见，词牌名的得名可谓

《杨贵妃晓日荔枝香》

众说不一，难以一一考证而得定论。另外两人都提到除古诗句之外，词牌名的来历还有历史典故、名人传说、史料记载，以及《文选》和《庄子》等古籍。而且词牌名的主题还渐渐背离最初，杨慎的《词品》也记载："唐词多缘题所赋，临江仙则言水仙，女冠子则述道情，河渎神则咏祠庙，巫山一段云则状巫峡。如此词题曰醉公子，即咏公子醉也。尔后渐变，与题远矣。"一个词牌最初得名常与内容相符，到后来则完全无关了。如《念奴娇》，"念奴"本是唐玄宗时的一位歌伎，以容貌过人且歌声高亢清妙著称，深得唐玄宗垂青，赞她"颜色媚人""每执板当席，声出朝霞之上"。唐玄宗即便是外出如行幸洛阳等地时，也必令其跟随在侧。此曲词牌名即因她得名，其名如此旖旎，但后来苏轼振聋发聩的豪放之词《念奴娇·赤壁怀古》，内容和风格跟这个未免娇媚的词牌已经完全无关了。

杨慎的《词品》谈到“念奴娇”这个词牌时，还说“念奴娇一名百字令” 。同一曲调有不同词牌名，这也是词牌名众多的原因。清人江顺诒《词学集成》说：“词有同调异名，昔人分为二体，概可从删。如捣练子，杜、晏二体，即望江楼。荆州亭，即清平乐。眉峰碧，即卜算子。……又原书一体而后人误分，如仇远之荐金蕉，即虞美人之半。……。【诒】案：欲辨词体，定词律，必先自考同调异名始。”江顺诒认为考证同调异名很重要，但同调异名的情况越来越多，如《念奴娇》又称《大江东》《酹江月》《赤壁谣》《千秋岁》《壶中天》《壶中天慢》《湘月》《酹月》《寿南枝》《古梅曲》《太平欢》《百子谣》《百字令》《断续令》《白雪词》《杏花天》《庆长春》《无俗念》等。填词者只能从词谱之类的书里快速掌握这些词调的不同和上下片字数、平仄等方面的规范。

每个词牌的字数多少不一。字数最少的是《十六字令》16字，最长为《莺啼序》240字。关于词牌里的令①、引②、近③、慢，宋翔凤《乐府余论》里有详细论述：

> 诗之余先有小令，其后以小令微引而长之，于是有《阳关引》《千秋岁引》《江城梅花引》之类；又谓之近，如《诉衷情近》《祝英台近》之类，以音调相近而也而愈者为训从而引之也。引而愈长者则为慢。慢与曼通，曼之训引也，长也。如《木兰花慢》《长亭怨慢》《拜新月慢》之类，其始皆令也……则曰令者，乐家所谓小令也；曰引、曰近者，乐家所谓中调也；曰慢者，乐家所谓长调也。

这里对令、引、近、慢的解释，将其与小令、中调、长调相对

《赤壁图》武元直（金）

应起来，说明其“取流俗易解，又能包括众题也”。不过，这几种词调类别还不能概括其中的诸多微妙的区分，例如小令宜精妙含蓄，长调要转折矫变等。宋代沈义父的《乐府指迷》里有“大词小词作法”（小令大致可以归为小词，长调可以归为大词）：“作大词，先须立间架，将事与意分定了。第一要起得好，中间只铺叙，过处要清新，最紧是末句，须是有一好出场方妙。小词只要些心意，不过太高远，却易得古人句，同一要炼句。”单从这句论述来看，大词似乎更复杂一下，但小词“只要些”心意，即更花费心思。正如宋代张炎《词源》所说：“词之难于令曲，犹诗之难于绝句，不过十数句，一句一字闲不得”。

关于小令与长调创作的难易，明代俞彦《爰园词话》也有过论述：“小令佳者，最为警策，令人动褰裳涉足之想，第好语往往前人

《修竹仕女图》仇英（明）

说尽，当何处生活。长调尤为亹亹，染指较难。盖意窘于侈，字贫于复，气竭于鼓，鲜不纳败，比于兵法，知难可焉。”《蹇裳》是记载于《诗经》里无名氏所作的一首先秦诗歌：“子惠思我，褰裳涉溱。子不我思，岂无他人？狂童之狂也且！子惠思我，褰裳涉洧。子不我思，岂无他士？狂童之狂也且！”全诗只短短10个句子，但却极致生动传神，其文学艺术性和鉴赏性堪称抒情小诗中的精品。俞彦认为小令当有此致，然而因为“好语往往前人说尽”，如果创出新意，尤其不易。而长调则如清泉潺湲，“染指较难”的缘故是将新意不断铺陈，字句还不能重复，犹如一鼓作气、再而衰三而竭之理。

清代杜文澜《憩园词话》说："尝读元吴文正草庐先生答孙教谕书云："'风、雅、颂乃乐章之名，其音节各异，如今慢词，小令之分，虽以彼为此，以此为彼而不可得。'此为公说诗义之语，从可悟作词界限。小令，风也，触景言情，不宜间以质实。慢词、雅、颂也，述怀咏物，慎勿徒取虚神。惟引与近，今所谓中调者，则可情景虚实兼用之耳。"杜文澜先引元代学者吴澄的说法，把慢词、小令分别与诗经里的"风、雅、颂"相比较，认为小令可以比作"风"，应触景生情而不必多言其实；慢词则有"雅"、"颂"意味，以述怀咏物之"实"为要；中调则应融合情与景、虚与实。

清代王又华《古今词论》引毛稚黄论词语云："填词，长调不下于诗之歌行长篇。歌行犹可使气，长调使气，便非本色。高手当以情致见佳。盖歌行如骏马蓦坡，可以一往称快；长调如娇女步春，旁去扶持，独行芳径，徙倚而前，一步一态，一态一变，虽有强力健足，无所用之。"王又华将诗之歌行与长调相比，用了"骏马蓦坡"与"娇女步春"的形象比喻，指出慢词体制的特点及创作要点，简明扼要又生动异常。从中可以意会到，长调较之歌行，其尺度更难拿捏，正如明代刘体仁《七颂堂词绎》所说："长调最难工，芜累与痴重同忌，衬字不可少，又忌浅熟。"学词之人，面对词牌之名、调、字数、风格种种的了然于胸，才只是入了填词之门而已。

【注】

①令：词的初创阶段，字少调短，类似酒令，故称"令词"。到了宋代，令的曲调不再局限于短小的篇幅。

②引：引，来源于唐宋大曲中的引歌。大曲是汉族传统音乐，尤指汉魏相和歌、六朝清商乐、唐宋燕乐的大曲。称为"引"的词往往是裁减大曲中的引子部分而成。

③近：近也是大曲中的一部分。称为"近"的词，篇幅比小令要长，比慢词要短。

性灵三分天注定

很多词人词作写作之高妙，往往被词论者称为无法可学，如清代陈廷焯所说：

东坡出而纵横排宕，扫尽纤浮。落笔高超，飘飘有凌云之气……东坡词纯是身世流离之感，却极温厚，令读者喜悦悲欢，不能自已…… 东坡词摆脱羁缚，独往独来，虽有一二与调不合处，而飞扬跋扈，自足推倒一时豪杰……东坡词句调多不尊古法，不可为训，然正是此老神明变化处，后人不能学也。——《云韶集》

东坡词豪宕感激，忠厚缠绵，后人学之，徒形粗鲁。故东坡词不能学，亦不必学。——《白雨斋词话》

陈廷焯认为东坡词之不可学，不管是众横捭阖、落笔凌云的气势，还是温厚动人的流离之感，洒脱不羁的无拘无束……种种“神明变化”，实在为后人难以摹拟十之一二。他又将其风格总结为“豪宕感激，忠厚缠绵”，提出“东坡词不能学，亦不必学”。不能学是因为太难学，不必学则是因为学之则“徒形粗鲁”。之所以如此，只能

《山径春行图》马远（宋）

归之于可遇不可求的一切，即才学、胸襟、机遇等等。

清代吴梅《词学通论》也曾对苏轼有过如此分析评价：

……洗绮罗之习者，为苏轼。公词豪放缜密，两擅其长。世人第就豪放处论，遂有铁板铜琶之哨。不知公婉约处，何让温、韦。如《浣溪沙》云："彩索身轻长趁燕，红窗睡重不闻莺。"《祝英台》云："挂轻帆，飞急桨，还过钓台路。酒病无聊，欹枕听鸣舻。"《永遇乐》云："天涯倦客，山中归路，望断故园心眼。燕子楼空，佳人何在？空锁楼中燕。"《西江月》云："高建已逐晓云空，不与梨花同梦。"此等处，与"大江东云""把酒问青天"诸作，如出两手。不独"乳燕飞华屋""缺月挂疏桐"诸词，为别有寄托也。要之公天性豁达，襟抱开郎，虽境遇迍邅，而处之坦然。即去国离乡，初无羁客迁人之感。惟胸怀坦荡，词亦超凡人圣。后之学者，无公之胸襟，强为摹仿，多见其不知量耳。

吴梅不厌其烦，例举苏轼婉约之词句的妙处，认为这类婉约词与其豪放词仿佛出自不同词人之手，然而苏轼一人能轻松驾驭。究其原因，还是因为其人天性豁达，而且境遇的坎坷更激发出其超乎凡人的开阔胸襟。他认为后人无同样胸怀而欲学苏词，多是自不量力。而这里所指的胸襟和豁达，更多归之于天性。清代况周颐《蕙风词话》也持同样看法："填词第一要襟抱。唯此事不可强，并非学力所能到"。

才气加境遇，是词论者评价李煜词之所以出类拔萃的原因。清代余怀曰在《玉琴斋词序》中说："李重光风流才子，误作人主，至有入宋牵机之恨。其所作之词，一字一珠，非他家所能及也"。他首先肯定李煜的才气，再指出其为人主是"误"，更"恨"有亡国之痛，而这成就了别家难及的字字珠玑。清代词人纳兰性德在《渌水亭杂识》中也说："花间之词，如古玉器，贵重而不适用。宋词适用而少质重。李后主兼有其美，兼饶烟水迷离之致。"李煜兼得《花间词》的贵重和宋词的适用（即触人心弦），究其实，还是才气加际遇所致。清代王鹏运《半塘老人遗稿》曰："莲峰居士（煜别号）词，超逸绝伦，虚鄙在骨。芝兰空谷，未足比其芳华；笙鹤瑶天，讵能方兹清怨？后起之秀，格调气韵之间，或月日至，得十一于千百。若小晏，若徽庙，其殆庶几。断代南渡，嗣音阒然。盖闲气所钟，以谓词中之帝，当之无愧色矣。"王鹏运也先用极致誉美之词赞颂了李煜词的高妙神工，其格调气韵后人难以企及。"盖闲气所钟"，是指其气度而言。

这种气度何以由来，王国维《人间词话》分析得更透彻：

李重光之词，神秀也。词至李后主而眼界始大，感慨遂深，遂变伶工之词为士大夫之词。周介存置诸温、韦之下，可谓颠倒黑白矣！“自是人生长恨水长东。”“流水落花春去也，天上人间。”金荃、浣花，能有此气象耶？词人者，不失其赤子之心者也。故生于深宫之中，长于妇人之手，是后主为人君所短处，亦即为词人所长处。客观之诗人，不可不多阅世，阅世愈深，则材料愈丰富，愈变化，水浒传、红楼梦之作者是也。主观之诗人，不必多阅世，阅世愈浅，则性情愈真，李后主是也。

王国维认为李煜的词神秀，眼界之大、感慨之深，温庭筠、韦庄等都无此气象，终极原因竟是李煜有一颗赤子之心。所谓赤子之心，乃是因“生于深宫之中，长于妇人之手”导致其阅世浅而保持了最真的性情，并提出“客观之诗人”与”主观之诗人“的区别。王国维这一见解可谓振聋发聩，但细想来也颇可服人。李煜的“闲气所钟”及得《花间词》之贵气，皆是他单纯富贵的成长环境给予的。赤子之心一旦成就，即便后来经历亡国之痛和沦为阶下囚之苦，也能得高出流俗的感触。

总结苏轼和李煜词之高妙的种种原因，所谓胸襟、气度、才气及赤子之心，皆可用“性灵”来概括。性灵可指人的精神、性情、情感等，也可以指聪慧，究其实还是三分天定，因此难以学到。但学词之人却不会因此而弃之，词论者对此也提出一些门道，能够接近“性灵”的努力总结起来就是“修养”。词学修养第一要紧的是多读。清代彭孙遹《金粟词话》就说“词虽小道，然非多读书则不能工”，清代沈祥龙的《论词随笔》进一步阐发说：“词贵兼通古文诗赋，词于古文诗赋，体制各异。然不明古文法度，体格不大，不具诗人旨趣，吐属不雅，不备赋家才华，文才不富。王元美艺苑后言云：‘填词虽小技，尤为谨严。’贺黄公词筌云：‘填词亦兼辞令议论叙事之妙。’然则词家于古文诗赋，亦贵兼通矣。”可见词人读书，要读通读透各种文体，方能兼得其法度之明、体格之大、吐属之雅及名家文才。而填词虽然是小技，在严谨和兼得各种文体之妙上却丝毫不能掉以轻心。读各种文体提高文学修为之后，最重要的就是读词作了，对此况周颐《蕙风词话》有诸多论述：

学填词，先学读词。抑扬顿挫，心领神会。日久，胸次郁勃，信手拈来，自然丰神谐畅矣。

读词之法，取前人名句意境绝佳者，将此意境，缔构於吾想望中。然后澄思渺虑，以吾身入乎其中，而涵泳玩索之。吾性灵与相浃而俱化，乃真实为吾有，而外物不能夺。三十年前，以此法为日课，养成不入时之性情，不遑恤也。

读前人雅词数百阕，令充积吾胸臆，先入而为主。吾性情为词所陶冶，与无情世事，日背道而驰。

读词的妙处与用处，与“熟读唐诗三百首，不会写诗也会吟”是一致的，为的是达到胸有好句、信手拈来的丰神谐畅。况周颐还从自己学词的体会出发，从前人妙句里取其意境融入自己所想，以一种忘我的境界融会贯通，直到成为自己性灵的一部分，不为外物所夺的地步。当这样的积累越来越多的时候，胸中所有皆是这般妙境，性情被陶冶而与世俗背道而驰。这些都是发人深省的体会。正如清代陈廷焯《白雨斋词话》所说：“熟读温、韦词，则意境自厚；熟读周、秦词，则韵味自深；熟读苏、辛词，则才气自旺；熟读姜、张词，则格调自高；熟读碧山词，则本原自正，规模自远。本是以求风雅，何必遽让古人。”如是，前人词之妙处才能慢慢为己所有。清代女词人钱

《江阁远眺图》王谔（明）

斐仲《雨华盦词话》也说："读词之法，心细如发。先屏去一切闲思杂虑，然后心向之，目注之，谛审而咀味之，方见古人用心处。若全不体会，随口唱去，何异老僧诵经，乞儿丐食。"

多读词还有更重要的一点。词是协音律而作，虽然后世词不再能歌，但其平仄节奏仍有要求，多读词则可以培养这样的韵律节奏感。正如清代蒋兆兰《词说》所言："作词当以读词为权舆。声音之道，本乎天籁，协乎人心。词本名乐府，可被管弦。今虽音律失传，而善读者，辄能锵洋和韵，抑扬高下，极声调之美。其浏亮谐顺之调固然，即拗涩难读者，亦无不然。及至声调熟极，操管自为，即声响随文字流出，自然合拍。"锵洋和韵、抑扬高下的极声调之美，是好词的共同特点。熟读之后，对其声调烂熟于心，填入字句时如有声响随之流出，不用再粘滞纠缠于曲调的推敲上面，自然而然就合拍了。清代孙麟趾《词迳》也说："阅词者不独赏其词意，尤须审其节奏。节奏与词意俱佳，是为上品。"

除了多读，眼界开阔也是必要的。正如清代蒋敦复《芬陀利室词话》说："不读万卷书，不行万里路，不交万人杰，无胸襟，无眼界，嗫嚅龌龊，絮絮效儿女子语，词安得佳。"如果说苏轼的襟抱三分归于天生，后天眼界的自我开拓则可占七成。学识和交游皆广博，方是修养的最好途径，胸中才情、胆识皆由此而来。

虽然在修为方面可以用力之处颇多，但词作为抒情之品，最可贵还是真挚、自然。因此，在修养和技巧等方面所做的种种努力，到最后都需以达到自然流露而无雕琢矫揉为妙。元代陆辅之撰《词旨》记载了这样一段故事："蕲王孙韩铸，字亦颜，雅有才思，尝学词于乐笑翁。一日，与周公谨父买舟西湖，泊荷花而饮酒杯半。去病案：一无杯字。公谨父举似亦颜学词之意，翁指花云：'莲子结成花自落。'极形自然之妙。"乐笑翁是宋代词人张炎的号，他以眼前莲子结后荷花自然脱落这一自然现象，巧妙地用来比喻学词"功到自然成"的道理，很是形象贴切。学词之人，不管有无三分天注定的性灵，都应以此为孜孜以求之境。